推开时间的窗户

宋乐明——著
周　红——绘

浙江工商大学出版社
——杭州

图书在版编目(CIP)数据

推开时间的窗户 / 宋乐明著；周红绘. — 杭州：浙江工商大学出版社, 2023.4

ISBN 978-7-5178-5331-2

Ⅰ. ①推… Ⅱ. ①宋… ②周… Ⅲ. ①散文集—中国—当代 Ⅳ. ①I267

中国国家版本馆 CIP 数据核字(2023)第 002377 号

推开时间的窗户

TUIKAI SHIJIAN DE CHUANGHU

宋乐明 著 周 红 绘

责任编辑 何小玲

责任校对 张春琴

封面设计 杭州尚俊文化艺术策划有限公司

责任印制 包建辉

出版发行 浙江工商大学出版社

(杭州市教工路 198 号　邮政编码　310012)

(E-mail:zjgsupress@163.com)

(网址:http://www.zjgsupress.com)

电话:0571-88904980,88831806(传真)

排　　版 杭州尚俊文化艺术策划有限公司

印　　刷 浙江全能工艺美术印刷有限公司

开　　本 889mm × 1194mm　1/32

印　　张 8

字　　数 180 千

版 印 次 2023 年 4 月第 1 版　2023 年 4 月第 1 次印刷

书　　号 ISBN 978-7-5178-5331-2

定　　价 50.00 元

序　一

“推开时间的窗户”，很值得回味的一句话。

古人作诗，对时间的咏叹，是一个永恒的主题。“对酒当歌，人生几何？譬如朝露，去日苦多。”“今人不见古时月，今月曾经照古人。古人今人若流水，共看明月皆如此。”“年年岁岁花相似，岁岁年年人不同。”“前不见古人，后不见来者。念天地之悠悠，独怆然而涕下。”……而几千年来最深沉的感慨，还是孔子的：“逝者如斯夫！不舍昼夜。”时间看不见，摸不着，走得悄无声息，却让这世界“苟日新，日日新，又日新”。

对于现在的人来说，在“时间就是金钱”“效率就是生命”的旗帜下，时间可以精确到秒甚至更短，然而，对时间的感觉却在慢慢地钝化。一天一天、一年一年，都是那么地按部就班、千篇一律。你记得一些事，或许连细节也记得清清楚楚，但想不起是两年前还是三年前。空调把四季模糊了，大棚把时令模糊了，手机、电脑上随处可见的时间，让我们对时间的流逝少了一种具象的体认。当时间里没有了春天的花、秋天的风以及冬天的落日，那这一天与那一天也就没什么两样了。

所以，当两千多年前，淮南王刘安及其门客在八公山中，把一年分成二十四个节气，并创造出“春分”“清明”“霜降”“大雪”这样的名词之时，他们并不是仅给时序贴了一个标签，而是把颜色、味道、形状，把体验、希望、记忆，也赋予了时间，逝者如斯的时间，由此变得生气勃勃，变得活色生香，充满了生活的芬芳和喜悦。“泥牛鞭散六街尘，生菜挑来叶叶春”，这是立春而不是2月3日；“乳鸦啼散玉屏空，一枕新凉一扇风”，这是立秋而不是8月7日。故而，每个人，都有着自己的惊蛰与雨水，自己的大雪和冬至。也正因如此，节气成了我们探寻时间之秘的一个窗口，或者说，是我们在时间流逝中寻找自己的一个窗口。乐明兄的“推开时间的窗户”，或可作如是解吧。

节气是中国人的生存背景，也是中国人的时间哲学，节气不仅跟农业、养生等有关，也跟我们对生命、自然、人生的感受和认知有关。在这本《推开时间的窗户》中，固然有不少从天文、物候、农业、养生、人文、美学等方面对节气的解读，但令我更有感触的是，乐明兄写出了节气的自然时空与置身其中的人的关系——这是属于他自己的二十四节气。

比如，在说到谷雨这个“濡湿的名字”时，乐明兄别出心裁地以“谷雨是一场告别春天的仪式”来解读。该以怎样的心情来纾解暮春的闲愁呢？尤其是在天高人远的西藏。于是，文溪坞茶叶成了乡情的寄托：“每天喝着这样的茶水，就在物质上与家乡保持了不断的联系，在精神上寄托着对家乡的浓浓思念，让等待的日子不再寂寞，让藏北的高原反应慢慢缓解。”霜降，可以是“蒹葭苍苍，白露为霜。所谓伊人，在水一方”的相思，可以是“霜降百工休，把酒约宽纵”的闲适，甚至可以是“田深狡兔肥，霜降鲈鱼美”的知味。然而，在20世纪七八十年代的一个农家孩子眼里，霜降虽无这样的诗意，但照样很可爱，因为有倒映水中如彩绸的红羽杉，有似一串串小灯笼的红柿，有田里捡稻穗的“意外之喜”，有霜打后青菜的又香又甜，而在上学路上，背着一只捕捉来的黄鼠狼，迎着朝阳，意气风发。如此画面，没经历过那个时代的人，是绝对想象不出来的。乐明兄笔下的节气，很江南，很水乡，很农家，沾着泥土，带着露珠，冒着热气。

跟乐明兄是多年老友了，我们是同一个时代的人，也有一些相近的业余爱好，很有共同语言。我很喜欢听他聊天，捧个茶杯，笑眯眯，笃悠悠，不着边际地扯一些陈年旧事。间或冒出一两句妙语，似乎也是漫不经心地说出来，但回头想想，越想越有意思。我也很喜欢读乐明兄的文字，不紧不慢，不枝不蔓，如老友面对面谈天，适宜在春日庭院中闲读，风吹哪页读哪页，读到哪儿算哪儿，读不读完无所谓，记不记住也没关系——说不定哪一天，书中的某一句就自动地冒了出来。

“秀才人情纸半张”，乐明兄大作付梓，我这里拉拉杂杂扯上几句，权当是对老友新作的祝贺吧。

杨自强
2022 年 3 月 30 日

杨自强，1961 年生，1986 年杭州大学古籍研究所研究生毕业。《嘉兴日报》报业传媒集团副总编辑，《南湖晚报》执行总编，嘉兴市文联副主席、市作家协会主席，高级编辑。在浙江人民出版社、浙江文艺出版社等出版了十部学术专著、学术随笔和新闻评论集。

序　二

时间是一位老人，他从远古走来，穿越了洪荒，也穿越了岁月，留下了记忆，也留下了智慧。

一路上有丛林和沼泽，也有飞禽和走兽，有大山和江湖，也有风花和雪月。从日出到日落，走了太阳，来了星星；从黑夜到黎明，走了黑夜，来了太阳。从春天走向冬天，草木青了又黄，候鸟来了又去。时间总是在前行，空间总是在变换。

时间是一列永不回头的火车，一路风景在窗口匆匆掠过。

春去秋来，四季奔跑，寒来暑往，节气更迭，日出日落，花开花败。不同的时间，不同的风景，不同的节气，不同的物候，变幻无常，神秘莫测。

节气的轮回，打开的是时间的窗户，不用每时每刻地坚守，却有潜移默化的改变。一年二十四个节气，是千年农耕文明的结晶，每一个传统节日，都是华夏文明的积淀。不管是节气还是节日，总让人多番惦记，这是祖宗的嘱咐，也是历史的传承。

我总是很迷惘，同样的时间，为什么会有不同的风景？同样是时间，为什么却开着不同的窗户？虽然时间住在空间中，但空间同样行走在时间里，真是难舍难分的一对兄弟。

时间，有时也有间，时是数，间是量，难怪有不同的时间之窗。出于对农耕文明的好奇，打开的是节气之窗、节日之窗。二十四个节气的文化是中华文明的一脉，虽然古老，却存底蕴，不仅指引几千年的农耕生产，也揭示人类的生活智慧。传统节日的习俗流传不变，情怀永存，不仅维系世世代代的亲情，也传承中华文明的密码。

写作本书，出发点就是对传统农耕文明的好奇和热爱。在成长的经历中，经常受到长辈和村民关于节气和节日习俗的熏陶，长期的潜移默化，让人产生一种条件反射，每当一个节气或节日到来，总是产生许多想法，现在终于把内心的这些想法吐于纸上，推开了时间的窗户。

是为序。

宋乐明

2022 年 11 月 28 日

目 录

第一辑 节气之窗

春雨惊春清谷天，

夏满芒夏暑相连，

秋处露秋寒霜降，

冬雪雪冬小大寒。

第二辑 节日之窗

年年纳余庆，嘉节号长春。

节节举仪式，祭祀动人心。

第三辑 生活之窗

百般滋味，都是生活。

时光流淌，总归记忆。

第一辑　节气之窗

春到人间草木知

时至立春，气温回升，雨水增多，春天的脚步已经迈开。《月令七十二候集解》曰：“立春，正月节。立，建始也。”春木之气始至，二十四节气开启新的轮回。

宋代张栻有诗曰：“律回岁晚冰霜少，春到人间草木知。”立春之时，虽然吹来的风依然冰冷，但草木已经感知到春天的气息。此时的江南大地正在孕育春天的故事。迎春花是最名副其实的，迫不及待地开出明黄的“春色”，虽然形不大，但色彩亮丽，而且抢到了先机。迎春的植物其实是很多的，在“二十四番花信风”里，立春的信使相继还有樱桃和望春。红梅也是先知先觉者，早已经孕育好迎春的花苞，一到春天就亮出喜庆的红色，但还是觉得不够，一定要向春天倾吐浓烈的芬芳。杨柳当然不甘寂寞，满枝的萌芽是专门为春天准备的。木兰是最用心的，早就开始为春天准备礼物了，在秋叶还未谢去之时已开始孕育花苞，到了此时已近怀胎足月。其实感知春天的是整个大地，在立春节气，初候“东风解冻”，二候“蛰虫始振”，

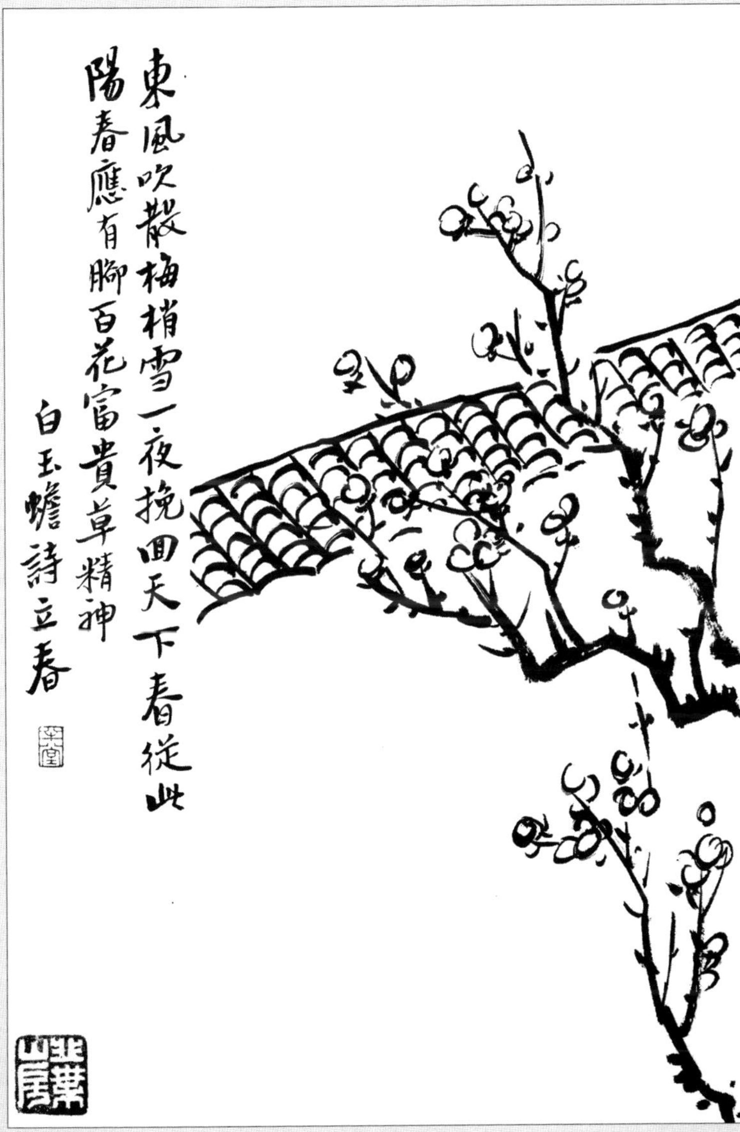

立 春

三候“鱼陟负冰”。此时的东风，在寒意中已多出了一丝春的温度，冬天结的冰，“遇春风而解散”；过了五天，冬季蛰藏在洞穴中的昆虫，也开始苏醒而振动了；再过五天，因寒冷而潜在水底的鱼，感受到春天的气息游到了水面而背负碎冰。

立春是二十四节气之首。庚子年是特别的一年，年初有一个立春，岁末还有一个立春，辛丑年的立春提前跑到了庚子年，这称作“两头春”，让下一年成了无春之年。常言道：“一年难逢两头春，百年难逢岁交春。”两头春是阳历与阴历的差异所造成的，一个太阳回归年用时三百六十五天又约四分之一天，每四年设置一个闰年，即增加一个 2 月 29 日闰日。阴历将月亮围绕地球转动一圈的时间作为一个月，其中大月三十天、小月二十九天，全年三百五十四天，比阳历一年少了十一点二四天，这就要设置闰月，庚子年闰四月，阴历全年变成三百八十四天，正月十一立春，腊月廿二又立春。两头春正是出现在设置闰月的年份，这种情况在十九年中会出现七次。

春天是最有故事的季节，大自然赋予春天生机和色彩，同时也为文人打开想象的空间。从小寒开始，大地上的植物已经开始播报春天，这被古人称作“二十四番花信风”。从傲霜斗雪的蜡梅开始，到眼前红艳的茶花，再到素洁优雅的水仙，即使还在小寒的节气，它们也已在提醒春花不要错过季节。到了大寒，轮到瑞香、兰花、山矾出场，再次为春天的到来铺垫氛围。它们总是岁岁如此、永不相负，赢得“信风”和“德风”的美名。

立春了，冬天盼来了春天，春花成为春天的使者，它们要相继以色彩和声音迎接和装扮春天。众多的小草都愿意充当迎春使者，走进田野，婆婆纳已经含羞地点缀出蓝色的星辰，杏李、桃花更是焦急地等待着，播种的立春注定是热闹非凡。文人在春天从来不甘寂寞，美妙的句子就是为春天而写，春山春水，春风春雨，春草春花，春日春泥，春夜春心，春社春耕，这都是响在耳际的春天之声，但还是不够，诗人还要用更动人的声音歌唱春天。从春风春雨到春草，我们都能听到古老而遥远的声音，你听："春风先发苑中梅，樱杏桃梨次第开。""小楼一夜听春雨，深巷明朝卖杏花。""离离原上草，一岁一枯荣。"在整个春季，春草春花依次出场，从小寒到谷雨八个节气的二十四候，每候一花，这便是二十四番花信风。花有信，春有期，立春就是春天的种子，它在大地上播种春天，用春草春花把春天装扮得更加美丽动人。

2020 年 2 月 3 日

早春的一滴雨水

连续三天春光明媚，让人感受到春意越来越浓。今日是雨水，春季的第二个节气。《月令七十二候集解》曰：“雨水，正月中。天一生水，春始属木，然生木者必水也，故立春后继之雨水。且东风既解冻，则散而为雨水矣。”这是一个代表降水的节气，在二十四节气中来得最早，之后还有谷雨、小满、小雪、大雪等与降水有关的节气。

俗话说：“春雨贵如油。”江南多雨，春雨更是阴冷缠绵，突如其来的新冠肺炎疫情更是让人心情忧郁，但雨水是植物的生命之源，田地里的麦苗和油菜感激它，春风把它带进春天，春雨浇灌它成长，阳光沐浴它灿烂。走进田野，麦苗的叶片已经舒展开来，油菜的叶色从暗红转为青绿。走进地头，狗尾巴草的残枝尚在风中摇曳，但猪殃殃的藤蔓已爬上了枯枝，宝盖草的枝叶虽然还未褪尽锈色，却已经在孕育花苞，早熟禾冒出的尖芽已铺陈一片春绿，河边的杨柳，枝条已经转青。正是这雨水的浸染，让大地再一次充满生机。

雨水

早春的天气乍暖还寒。早晨汽车的挡风玻璃上，还结着一层厚厚的白霜，这让拥抱春天的草木们有点措手不及。春天多东风，东风解冻，散而为雨，这是春天的性格。在雨水这个节气，忽冷忽热，冷热无常，农村人常说这是老天做“二月八”。“二月八”就是农历二月初八，传说这一天是寿福爷施法降雨的日子。“二月八”是雨水的天气特点，但雨水也是春天对万物的爱意，那一滴滴雨水滴落的声音，就是春天的序曲，轻轻地唤醒沉睡的宿根或种子，悠悠地伴随它们生长。婆婆纳和繁缕是早春的代表，早已在春雨的滴答声中舞起新绿；折耳是雨水的忠实听众，它准时地在滴答声中从地下伸出小小的耳朵。

感受到春天气息的还有更多的生物，古人认为：雨水三候中，初候“獭祭鱼”，二候“候燕北”，三候“草木萌动”。在立春三候时已“鱼陟负冰”，到了雨水，鱼儿们纷纷浮出水面，水獭也已苏醒，开始勤快地捕鱼。水獭是一种两栖动物，而且很贪心，捕到的鱼吃不完，就咬死后排列在岸上，很像是在陈列祭祀的供品，大概这就是“獭祭鱼”。到了二候，大雁开始从南方飞回北方，其实此时江南的留鸟也已十分活跃，白头翁就是其中之一，每天清晨总是叽叽喳喳地叫唤不停，偶尔还夹着喜鹊的恰恰叫声。再过五天，在“润物细无声”的春雨中，草木随地中阳气的升腾而开始抽出嫩芽。在这个节气里，菜花、杏花和李花还要相继前来报信，以黄、粉红、白三种色彩装扮春色，地里的油菜花早已稀疏地开出些许亮黄，再过几日更会惊艳大地。

雨水是降雨，也是时间，在这个节气里，一边等待春花作物的生长，一边迎接春耕的到来。趁着这个时间，父亲总是把上年用过的农具翻出来，重新整理一遍，同时还要编制几对新畚箕，到了春耕时，这些都要派上用场。干活累了就停下来做油煎年糕。春节前打好的年糕都已浸泡在水中，这样既不会开裂也不会变质，想不到水还有这样的功能。将年糕切成薄片，锅中刷上菜油。煎熟的年糕蘸糖吃，这是童年时代的难忘记忆。连日的阴雨过去，终于迎来了春光灿烂的一天，到菜地里一看，那些青菜早已抽薹了，春雨和阳光是植物的益友，在植物生长最需要它们的时候悄悄来到身边。摘一篮菜心回家，与冬天腌制的咸肉同煮，只要放一点料酒就好，多么简单的一道农家菜，却煮出了春天阳光雨露的味道。

天上掉下来的雨水，土话叫天落水，这雨水还可以入药。李时珍说："地气升为云，天气降为雨，故人之汗，以天地之雨名之。"据《本草纲目》记载，立春的雨水"夫妻各饮一杯，还房，当获时有子，神效"。因为立春后始升生发之气，故此水可以治疗中气不足、清气不升之症。

2020 年 2 月 19 日

惊蛰是春的雷音

往年到了惊蛰这一天，天空总是准时响起雷声，真是令人吃惊，时间是如此准时，雷公雷母是如此守信用，但今年却是个例外，这一天无雨无雷，那些蛰虫是否已感受到春天的温度和声音？

惊蛰是春季的第三个节气，也就是仲春。经历了雨水的洗礼，草木已经萌动，春草在江南大地上相继生发。走在充满春天气息的路上，眼前已是新绿点点，繁缕贴着地面圈画自己的领地，碎米荠开出一片白色的碎花欢迎春天的脚步，酸模张开宽大的叶片呼吸春天的气息。

桃红柳绿历来是春天的象征，可谓是“桃花春色暖先开”。趁着午后的暖阳走到河边，柳芽青青，柳丝飘飘，可谓是“柳花如雪满春城，始听东风第一声”。在柳树间的几株桃树正在吐着芬芳，而在二十四番花信风里，这个节气相继还有棣棠、蔷薇次第开放，红白的花色，大小不同的花朵，一路招引人们走进繁华的春天。

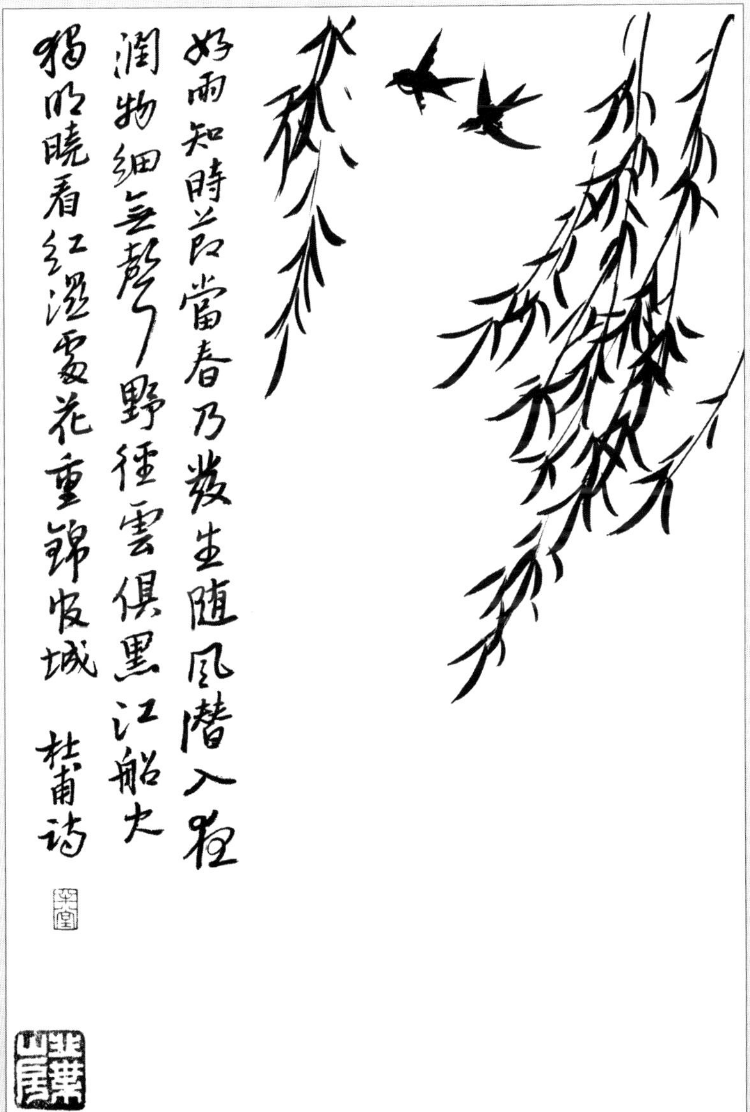

惊蛰

《月令七十二候集解》曰：“惊蛰，二月节。《夏小正》曰：‘正月启蛰。’言发蛰也。万物出乎震，震为雷，故曰惊蛰。是蛰虫惊而出走矣。”在秋天霜降时“蛰虫咸俯”，那么蛰虫何时醒来呢？这个时间就是惊蛰，是一声春雷把蛰虫震醒。蛰就是动物入冬藏伏土中，不饮不食；惊是春雷惊醒冬眠的动物。惊蛰作为一个节气的名称非常独特，是二十四节气中唯一与昆虫有关的，“蛰虫惊而出走”，但今年的惊蛰缺少了一声春雷，不知道蛰虫是否会错过季节。大地上除了鸟鸣，似乎听不到一丝虫鸣之声，出于好奇，专门到野外去验证，在桑树的嫩芽上还真有毛毛虫伏在上面，而不出几日在纱窗的外面也传来了飞虫的振翅声，这种俗称“扑火虫”的飞虫，虽然还有点稚嫩，但已迫不及待地离开洞穴，向着夜晚的灯火扑来。春天的雷音未到，春天的暖风还是提醒蛰虫如期醒来。

早春是乍暖还寒的天气，但惊蛰也是变化惊人的节气，古人说：初候“桃始华”，二候“仓庚鸣”，三候“鹰化为鸠”。在初候，桃花的花苞日渐长大，即将开出一片粉色，让人感受到春天已在身边。仓庚，就是我们常说的黄鹂鸟，到了二候，它开始在树林里觅食虫子了，并且因为繁殖而不停鸣叫求偶。到了三候，鹰变为了鸠，其实鹰是鹰，鸠是鸠，只是仲春之时，天空尚不见飞翔的雄鹰，但常能听到“布谷——布谷——”的叫声，鸠就是布谷鸟，在古人的观念里，就好像是鹰变成了布谷鸟一样。

到了惊蛰，天气已经是非常暖和，按照数九歌的说法，已是“九九加一九，耕牛遍地走”之时了，也就是农民已经开始准备春耕生产了。此时的江南田野里有大片的紫云英，遍地的绿意中紫色的小花相继盛开。而随着阳气的上升、气温的回暖，春雷乍动，雨水增多，万物生机盎然，虽然大地上还留有上一年的众多枯枝，但春绿已经穿过枯黄，大部分树枝也冒出新芽，在布谷鸟的叫唤下，春耕快要开始了，诚如嘉兴文人吴藕汀《惊蛰》诗曰："杏花村酒寄千程，佳果满前莫问名。惊蛰未闻雷出地，丰收有望看春耕。"

惊蛰，古时候最早叫作"启蛰"，在汉朝的时候为了避汉景帝刘启的名讳而改为惊蛰，这个节气一般在每年阳历的 3 月 5—6 日，古人认为是春雷把沉眠在土里的虫子震醒了，其实有时在惊蛰这一天不一定有春雷，虫子是感受到温度变化而醒来。这个节气最能反映生物受节律变化影响而萌发生长的现象，它是古代农耕文化对自然节令的反映。农耕生产与大自然的节律息息相关，惊蛰节气在农耕上有着相当重要的意义，自古以来我国人民很重视惊蛰这个节气，把它视为春耕开始的节令，春雷乍动而万物生机盎然，正是"九九江南风送暖，融融翠野启春耕"之时。

2020 年 3 月 5 日

草长莺飞在春分

春分：春色正中分。节气中的春分有两层意思：一是昼夜平分，二是一个季节之半。春分是春季的第四个节气，《月令七十二候集解》曰："春分，二月中。分者，半也。此当九十日之半，故谓之分。"春季从立春开始，到春分走了一半。太阳在冬至到达南回归线，并从这一天开始向北半球回归，白天不断加长，到了春分这一天，阳光直射赤道，几乎昼夜等长，之后太阳继续向北，直到夏至到达北回归线，白天达到最长，之后向南半球回归，等到秋分时又一次达到昼夜平分，由此，便在二十四个节气中出现了两个带"分"的节气。

春分后的第二天傍晚，如期来了一场春雨，还伴随着隆隆的雷声，这是春天的喜雨，是庄稼等植物盼望的春雨。一个草长莺飞的时节，沾着雨露走向田野，远处的油菜花一片黄艳，不仅吸引着人的目光，也呼唤着蜜蜂的到来。淡淡的花香，让人呼吸着春天的气息。麦子正在拔节，正如农谚所说："春分麦起身，一刻值千金。"四处早已布满了各种杂草，冬性植物荠

春分

菜正在开花结籽，随着气温的升高而完成生命的周期；酸模已经长枝抽心，喜欢长在沟渠边，摆出一副鹤立鸡群的样子；猪殃殃是早春的植物，正在枯草丛中到处攀爬；拉拉藤是令人讨厌的一种植物，此时也已长出一堆堆新苗。不管是宿根的还是一年生的草本植物，此时大部分已经发芽生长，满目的青绿，忽如一夜春风来，田间地头草漫漫。而此时在“二十四番花信风”中有海棠、梨花和木兰相继到来。在春暖的上午走进枣园，那几株垂丝海棠，已经开出红色的、白色的花朵，走进梨园，雪白的梨花，盛况空前，把春天装扮得如此繁华，紫木兰似在争抢时间，早已满树挂起紫红的灯泡。

古人认为，在春分节气，初候“元鸟至”，二候“雷乃发声”，三候“始电”。春分时节，大地上的景色变幻莫测，正如杜甫所言：“迟日江山丽，春风花草香。泥融飞燕子，沙暖睡鸳鸯。”江南曾经是种植紫云英的地区，这个时节紫云英早已开满田野，满目的紫花，低飞的燕子，这正是诗中描写的景象。但古人偏偏不拿植物来证物候，或许此时的花草过于繁茂，反倒让人不再稀罕，只有天气的特有变化才是季节的特征。元鸟就是黑色的燕子，这是一种典型的候鸟，在春分时回到江南，在秋分时南迁。或许此时的飞燕还不是很多，但接下来随着春耕的开始，田野里到处是纷飞的燕子。春雷大多在惊蛰就已响起，到了春分更是频繁。传说中雷公电母是一对夫妻，雷为阳，电为阴，在初春之时只闻雷声少见闪电，到了夏天看到闪电却不一定听到雷声，但更多的时候却是雷电交加。

春分有雨家家忙，先种瓜豆后插秧。趁着春分下雨的天气，在农村就要种瓜植豆，父母每年在地上种植茄子、番茄、黄瓜、南瓜、葫芦、豇豆等果蔬植物，这些都是营养丰富、味道鲜美的蔬菜，做饭前到地里摘一些，可以做成蒸茄子、炒黄瓜、炒南瓜、葫芦烧咸肉、番茄汤，每天吃着不同口味的时令蔬菜，真是世外桃源一般的生活，也是难忘的乡愁。父亲还会种上甜瓜，到了夏天就成熟了，摘下来放在井水中一泡，吃起来清凉甘甜。而我最关心的是种上甜粟，在夏天的时候砍下来可以当零食吃；还有锦荔枝，成熟后外壳金黄，一看就是秀色可餐的模样，果肉鲜红欲滴，具有补血益气、滋阴生津、强筋健骨、通利小便的功效，真是难得的宝物。

春分是特殊的日子，也是个好日子。太阳在赤道上方俯瞰着地球，这个地方也叫黄经零度的起点。这是太阳与地球的一次特别相会，从这一天开始，北半球春光一泻千里，将阴晦和尘霾涤荡一空，繁华的春天向我们一路走来，正所谓“雨霁风光，春分天气。千花百卉争明媚”。

2020 年 3 月 20 日

天地开朗清明风

踏着春天的节奏，每年的 4 月初迎来清明节气。清明既是一个节气，也是一个重要的传统节日，时间是在每年 4 月的 4 日或 5 日，这里要写的是作为节气的清明。

《月令七十二候集解》说："清明，三月节。按，《国语》曰：'时有八风。'历独指清明风为三月节，此风属巽故也。万物齐乎巽，物至此时，皆以洁齐而清明矣。"春秋时《国语》记载，一年中共有"八风"，而且都有对应的名称：东风叫明庶风，南风叫景风（亦名凯风），西风叫阊阖风，北风叫广莫风，东北风叫条风（又叫融风），东南风叫清明风，西北风叫不周风，西南风叫凉风。清明源于八风之一，名称由此而来。

长江流域夏季刮偏南风，其中包括东南风。在夏天，西南部气温升高时，海水会从空气中吸收大量热量而没有明显的温度变化，从而阻碍了气温的升高，空气密度相对较大，形成地面高压区，西北气温升高时，沙石吸收少量的热量温度很快升高，空气密度相对小，形成地面低压区。地面气压不同，空气

清 明

就从东南流向西北，形成了东南风。冬至之后吹的是条风和景风，现在吹来了东南风，这是天气逐步变暖的信号，惠风和畅，春雨润物，万物竞长，草木青青，“物至此时，皆以洁齐而清明矣”。此时走进大自然，已是“雨足郊原草木柔”，“满街杨柳绿丝烟”。

这是多么美好的一个节气，在物候中，清明节初候“桐始华”，二候“田鼠化为鴽”，三候“虹始见”。泡桐是一种常见的树种，最出名的当然要数兰考的泡桐。20 世纪 60 年代初，兰考县委书记焦裕禄根据当地的地理环境倡导栽种泡桐。桐花是二十四番花信风之一，正是在清明之初盛开。在节气里，惊蛰始于桃花灼灼，清明始于桐花万里。泡桐在未长树叶时先开花，一串串铃铛似的紫花挂满树枝，行走在树下阵阵花香袭来，让人神清气爽。相继开出的还有麦花和柳花，其实今年的春天来得特别早，河边的柳花早已开败，麦子倒是正在抽穗开花。到了二候，天气更暖和，田鼠也出来活动了，远看像鴽，鴽就是鹌鹑，鼠为阴类，鴽为阳类，因阳气盛，故化为鴽。到了三候，彩虹初现，这是气象中的一种光学现象，只有空气中存在大量水汽，太阳光被折射或反射，才会在空中形成拱形的七彩光谱，清明之后雨水较多，杜牧称之为“清明时节雨纷纷”，雨刚过，太阳出来，时常会出现彩虹。

清明是个踏春的好时节。春阳和煦，春花盛开，趁着假期走向田野，田塍上的野豌豆正开着紫色的小花，看麦娘也高举着花棒，水渠正在向田里灌水，不时传来青蛙的叫声，看样子农民已经准备耕田了，一年的春种从此开启。走到地边，小飞蓬开着一团粉红的小花，这种草虽然不起眼，但开出来的花却很是漂亮，而且花期漫长，从春天到初冬，随处可见。荠菜已经结籽，马兰正是当季，剪一篮回家，做时令野菜，凉拌、炒食都可以，味道清凉，营养丰富，还有清热解毒、凉血止血的功效。刺儿菜早已郁郁葱葱，有人喜欢用它做清明团子，它的学名叫小蓟，其实也是很好的野菜，虽然叶片上带着刺，但在开水中一焯很快软化，蘸酱生食，苦中带甘，可以凉血止血、清热解毒。

走进山林，树木都已换上了新绿，茶林中一群戴着彩色头巾的妇女正在采摘茶叶。随着天气转暖，茶叶生长更加茂盛。路边的树莓正在开花，一种迷人的野果开始生长。小竹林丛中长出了零星的野笋，这可是春天的美食，赶紧钻进竹林寻找，虽然行动困难，但也收获不少，晚上可以第一次品尝春天的野味了，吃不完还可以做成笋干藏着，日后可以做汤，也可以烧肉，其实这个时候本地的竹笋早已上市，但野笋的味道特别清香甘甜，童年时喜欢放在饭锅上带壳蒸着当零食吃，野的味道，正是美好的记忆。

清明是耕种的好时节，俗话说："清明前后，种瓜点豆。"对于农家来说，这时需要播种许多果蔬植物，黄瓜、甜瓜、晚熟瓠瓜、菜瓜、豇豆、扁豆、蔓性菜豆、空心菜、苋菜等等都需要及时播种，瓜果的秧苗还需要栽植。

天气清澈明朗，万物欣欣向荣，这正是清明时节；烟雨迷蒙，草木萌动，这也是清明。惠风和畅，天地开朗，"忽见紫桐花怅望，下邽明日是清明"。

2020 年 4 月 6 日

雨生百谷夏将至

谷雨是春季的最后一个节气。春末夏初，天气已越来越暖，残花即将落尽，春天将要告别。

谷雨自然与雨有关，它与雨水、小满、小雪、大雪等其他四个节气一样，反映了大自然的降水现象，对应着农耕文化的节令指引。谷雨之雨，乃滋养万物之水。《月令七十二候集解》中说：“谷雨，三月中。自雨水后，土膏脉动，今又雨其谷于水也。……盖谷以此时播种，自上而下也。”谷雨时节，北方的冷空气与南方的暖湿空气频繁交汇，从而形成较多的降雨天气。作物新种，秧苗初插，庄稼需要充足而及时的降雨，谷雨滋润着农作物的茁壮成长。谷雨当然与谷有关，狭义的谷就是稻谷，节气轮回到谷雨，早稻初栽，正等待着雨水的滋润。广义的谷则包含了各种农作物，农谚中说：“谷雨前，好种棉。”谷雨是江南人种棉的最佳时间，也是其他春季作物栽种和管理的重要时间，“春种一粒粟，秋收万颗子”，这是何等重要的时间节点，万物对谷雨倾注了一生的渴望。

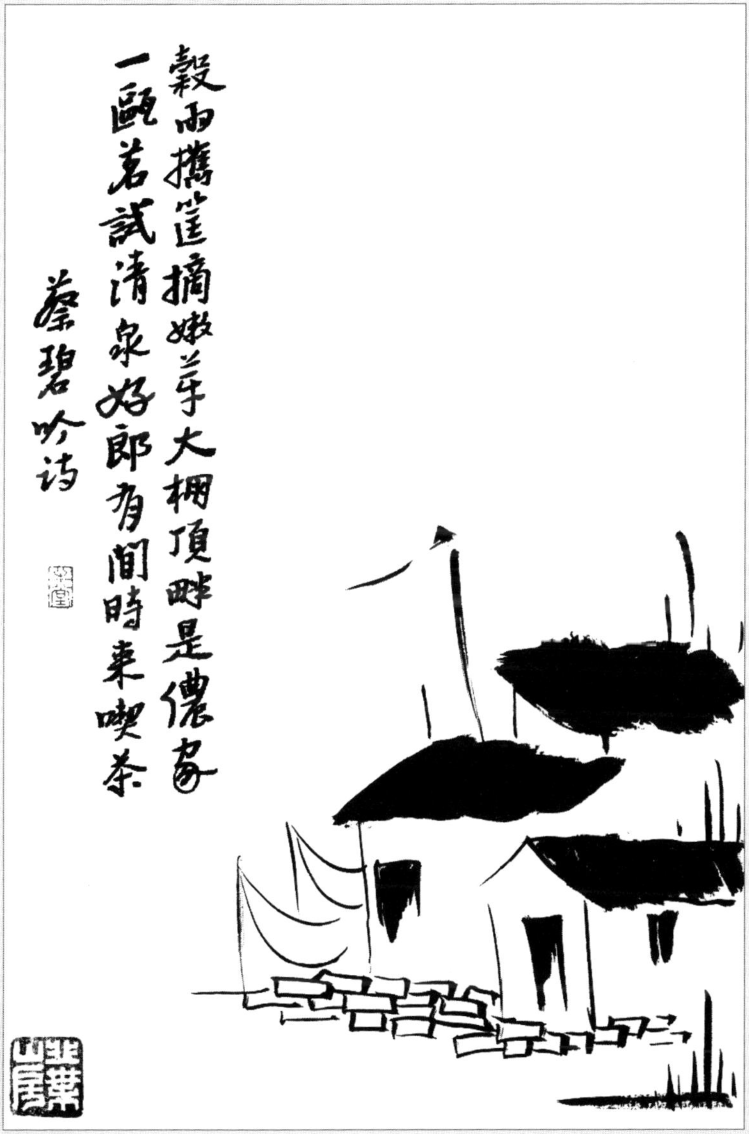

谷雨

雨生百谷，这是自然天宇下的谷雨。在远古传说中，有那么一个神奇的夜晚，从天而降的不是雨滴，而是真实的谷粒。传说轩辕黄帝有一名左史官，名叫仓颉，他根据星斗的曲折、山川的起伏、龟背的裂纹、鸟兽的足迹造出了最早的象形文字。“仓颉作书，而天雨粟，鬼夜哭。”仓颉造出了文字，可以更方便记事，上天为生民贺喜，降下了谷子，而不是雨滴，鬼因不能再愚弄民众而在黑暗中哭泣。之前，人类以结绳记事，大事打一大结，小事打一小结，相连的事打一连环结。后来虽然发展到用刀子在木竹上刻以符号作为记事，但无数的事实和记忆还是难以准确保留，只有文字的发明，才使人类的文明发生飞跃，这是一个重大的转折，于是人们把这一天叫作谷雨，并形成了在谷雨祭祀仓颉的习俗，直到现在仍有造字台、仓颉庙等遗迹留存。

谷雨是濡湿的名字。在缠绵的春雨中，初候“萍始生”，二候“鸣鸠拂其羽”，三候“戴胜降于桑”。萍是一种浮水植物，与水相平故曰萍，初候时它已在水面随风漂流，不同的形状，不同的色泽，为空荡的水面点缀出无限的生机。到了二候，斑鸠“追逐而鸣，鼓羽直刺上飞”。这个节气里的鸠其实就是杜鹃，也称布谷鸟，那“布谷”的叫声，是否正是呼唤谷雨的声音？戴胜头顶五彩羽毛，是一种外形非常独特的食虫鸟。到了三候，桑园满绿，桑果挂红，这是江南的养蚕季，毛毛虫也喜欢吃桑叶，此刻戴胜经常停栖在桑树上，正在“青林暖雨饱桑虫”。而此时还有牡丹、酴醿、楝花等最后的三番花信风为春天送别。牡丹国色天香，艳压群芳，“谷雨过三天，园里看牡丹”，“唯有牡丹真国色，花开时节动京城”。此时也唯有牡丹才能把春天推向极致。酴醾，现今写作荼蘼，是蔷薇科悬钩子蔷薇的雅称，它是春天最后开花的植物，荼蘼开了也就意味着春天结束了，“开到荼蘼花事了”，“三春过后诸芳尽”。楝花是苦楝的花，它始于暮春，收梢于初夏，在二十四番花信风中，梅花为首，楝花为终，楝花谢尽，花信风止，便是绿肥红瘦的夏天了。

谷雨是一场告别春天的仪式。一次次降雨，让植物根深叶茂，却也打碎了暮春最后的繁华。此时是一种何等心情呢？此时我想：谷雨时节，且尽一杯茶吧。有谚语说：“清明见芽，谷雨见茶。”明前茶虽好但太嫩，只有谷雨茶味道醇厚、实惠耐泡。正如明代许次纾在《茶疏》中所谈：至于采茶“清明太早，立夏太迟，谷雨前后，其时适中”。此时正是一个采茶的好时节，也有一种品味新茶的好心情。在人生经历中，对文溪坞茶情有独钟，那里出产一种名为“鸠坑”的老品种茶叶，开摘的时间虽然比“龙井 43 号”迟一些，但茶汁更加浓厚，而且甘醇绵长。我曾经在西藏工作过一段时间，随身携带了这种茶叶，每天喝着这样的茶水，就在物质上与家乡保持了不断的联系，在精神上寄托着对家乡的浓浓思念，让等待的日子不再寂寞，让藏北的高原反应慢慢缓解。曾经有一个朋友，喝到“鸠坑”这款茶叶后，便点名要买十斤，真是一个识茶之人。

今年的谷雨节气又将来临，在这天喝茶更有特殊意义，民间认为，喝谷雨这天采摘炒制的茶叶可以清火、辟邪、明目。这一天，即便是老天下雨，也要采茶制茶。我正惦记着这一杯谷雨的新茶，而且最好是文溪坞的“鸠坑”品种，再配以山上的泉水，找一个小憩之地，“一杯香茗坐其间”。如果是一个人，可以让内心禅定，看水中茶叶浮沉，品杯中茶汤浓淡，而品味到的就是人生的经历和人世的炎凉。如果有几个茶友同坐，那是暮春最好的一场仪式，不用“一觞一咏”，只要“茶煎谷雨春”。手执香茗一壶，回望美好的春光，漫赏暮春的花谢，在送别春天的同时迎接夏天。再过半个月，将是立夏遍地生火，麦子也快熟了，该是惜别一年春时了，但愿不负春光，不忘初心。

2020 年 4 月 16 日

绿树阴浓夏日长

春天渐行渐远，池塘里的莲花正迎着热烈的阳光灿烂地欢笑。

刚过完五一小长假就迎来了立夏。立夏是农历二十四节气中的第七个，也是夏季的第一个节气。《月令七十二候集解》记载：“立夏，四月节。立字解见春。夏，假也。物至此时皆假大也。”“假”是大的意思。正是在这个季节，春天播种的庄稼开始长大了。

二十四节气之说始于春秋，确立于秦汉，最早在春秋之时确定的是仲春、仲夏、仲秋、仲冬四个节气，相当于一年的四季，后来逐步增加到二十四个。立夏这个节气在战国末年时（前 239）确立，确立的时间比较早。这个节气代表着季节的转换，也就是说，从立夏开始就进入了一年的夏季。夏，在中国文明史上具有十分重要的意义，夏是中国第一个王朝，夏即中国。

按照气候学的标准，连续五日的平均气温稳定在二十二摄氏度及以上才为夏季开始，虽然时至立夏，但江南的气温还是时高时低。如果说春江水暖鸭先知，那么初夏风和就是女人知了。年长的人或许还捂着棉袄，但街上早已裙带摇摇、衣袂飘飘，女人总是最能够感知初夏的温暖，跟随季节的转换而巧妙装扮自己，而我却觉得初夏时节分明还夹杂几分凉意。

世人似乎对春情有独钟，以为春天才会山花烂漫，春天才是播种的时节，春回大地则喜，春离人间则伤。其实夏天在农业生产中也是一个非常重要的季节。江南以鱼米之乡著称，具有悠久的种植水稻的历史，以往习惯种植早稻、晚稻两季，立夏时节正是早稻插秧的季节，过了立夏，大麦等春花作物开始成熟，这是一年中第一个收获的季节。立夏以后，农民十分繁忙，既要插秧，又要采桑叶养蚕，田里的大麦也开始黄了，看到随风起伏的麦浪和日渐长大的春蚕，心里总是充满喜悦。

一个节气只有半个月，但短短的半个月里却有许多变化，《月令七十二候集解》说：初候“蝼蝈鸣”，二候“蚯蚓出”，三候“王瓜生”。蝼蝈在乡下称作泥蝼蛄，春耕后突然从地下爬出来，而这个时间正是立夏的初候，蝼蝈长一副胖嘟嘟的样子，羽翅却很短小，晚上看到灯光会拼命扑过来，一扑到电灯就吧嗒一声落到地面，再要飞起来几乎不可能，古人说它有五能却不能成一技，皆因它“飞不能过屋，缘不能穷木，泅不能渡谷，穴不能覆身，走不能先人”，身具五能却没有一个强项。到了二候，蚯蚓及时地感知到大地的温暖，开始从地下钻到地面。到了三候，王瓜开始开花结瓜。王瓜不是黄瓜，其藤蔓似栝楼，初见此物常以为是野生的栝楼，等到成熟之时却发现其瓜小而皮红。

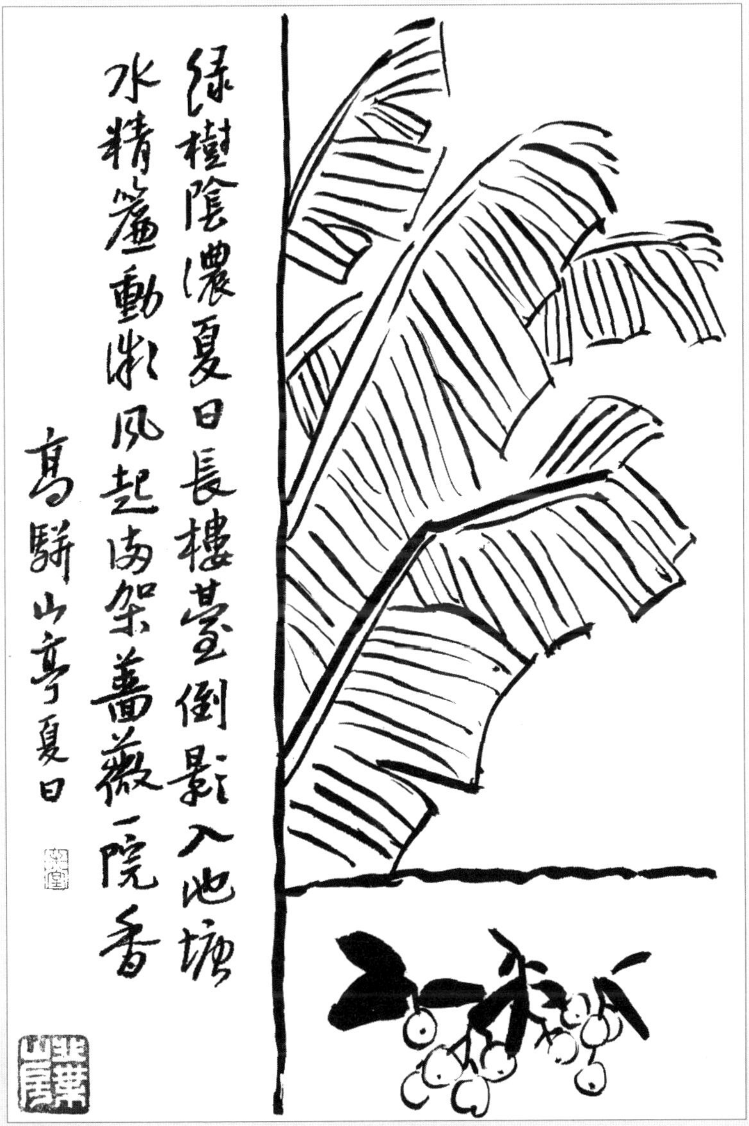

立夏

立夏是一个节气，也是一个季节的转换点，在不同的地区便被赋予了不同的意义。虽然在传统习俗中不是每一个节气都有仪式，但立夏却特别有仪式感。在海盐有立夏“吃三白”的习俗，“三白”指白水焐肉、白煮蛋和豆腐拌蒜末。平时吃肉大多是红烧或小炒，这一天却是只把肉放在水中煮熟，然后切成薄片蘸酱油和蒜泥吃，不知道是为了吃肉还是尝新蒜的味道。时至立夏，地里的新蒜已经长大，蚕豆也已长实，母亲一早便在地里拔蒜头、摘蚕豆，蚕豆还要剥成豆瓣。父亲吃早茶回来，顺便买了肉和豆腐，做饭之时在米中放了豆瓣和咸肉，也就是所谓的“野米饭”。但现代人等不及这一天，在立夏之前就已约了三五知己去某个农家乐烧“野米饭”，虽然吃得很普通，但过程充满乐趣，留在口中的余香又是一年的乡愁。除了“吃三白”，还要做一道水花菜豆瓣汤，本来很平常的一餐饭，却被赋予了浓郁的乡土味道。这时的蚕豆刚好长实，或许吃蚕豆只是图一个新鲜，但这个季节正是养蚕的时节，蚕豆的名称是因其形似蚕而得，不知道是巧合还是另有寓意。与“吃”相关的还有一个习俗，那就是立夏称体重，以前只有生产队才有大秤，到了这一天，村里人从仓库里拿出一杆大木秤支在晒场上，大家轮流称体重，司秤人一面看秤花，一面说着不同的吉利话，家长们更是喜欢带自己的孩子去称重，或许他们要测量一下自己的孩子从去年到现在重了多少。

过了立夏，天气开始真正地炎热起来，树上的水果开始长大成熟，桃、李、杨梅、枇杷粉墨登场，树木枝繁叶茂，正是“绿树阴浓夏日长，楼台倒影入池塘”的美好时节。

2019 年 4 月 30 日

小满正是充盈时

小满未满，桑葚红手，蓬虆累累，枇杷压枝。小满是一个让人期待的节气，也是一个满怀乡愁的节气。

时至小满，桑园地里的桑葚早已晶莹剔透，红得发紫。家乡的人喜欢把桑葚亲切地称作桑果，一个“果”字，把桑葚列入了水果的行列，更让人感受到果实充盈的欣喜。成熟的桑果味甜汁多，是我童年时代最爱的野果，赶上这个节气，只要一放学就钻进桑园地，精挑细选，边摘边吃，吃足吃饱了才擦擦嘴巴回家。走出桑园地时，小手上沾满了紫红的汁水，嘴唇也染得发紫，父母看到这副模样，就知道又去吃桑果了。但第二天照例还是钻进了桑园地，这就是吃桑果的季节，也是童年最难割舍的诱惑。江南栽桑养蚕历史悠久，农田的周围有大片桑园地，一到小满，树上总是桑果累累，虽然栽桑的目的只是采叶养蚕，树上的桑果却是大自然赠给童年最好的礼物。吃桑果不需要花钱买，也没有人管，等于是吃野果，这是一个最有童趣的季节。

小满是夏季的第二个节气。《月令七十二候集解》载："小满，四月中。小满者，物至于此小得盈满。"这里的"四月中"指的是农历，按公历计算，进入小满在每年的 5 月 21 日前后。取名"小满"是指万物生长到这个季节开始"小得盈满"。在北方，小麦开始灌浆饱满，但未至成熟；在南方，少种小麦，但天地中阳气变得充实，雨水开始充盈。这正是春花作物茂盛生长的时节，犹如人生处于青春发育期，只有经历这一过程，才逐渐成熟，小满让大地和人生都充满青春气息。

小满三候为：初候"苦菜秀"，二候"靡草死"，三候"麦秋至"。苦菜是民间的一个通称，包括苦苣菜、苦荬菜、剪刀股、野苣菜等多个品种的菊科植物，名为苦菜自然带有苦味，但水焯后浸洗可以除去苦味。苦菜营养丰富，而且清热解毒，既可以充饥，也可以养生。《本草纲目》说："(苦菜）久服安心益气，聪察少卧，轻身耐老。"苦是夏天的本味，小满就是一个吃苦的时节，吃得苦中苦，方为人上人，只有经过苦难的洗礼，才能收获人生的甜蜜。小满再五日便到了二候，这时的靡草开始枯死，《礼记》注曰："草之枝叶而靡细者。"宋代方悫曰："凡物感阳而生者则强而立，感阴而生者则柔而靡，谓之靡草。"东汉郑玄释靡草为葶苈之类枝叶细软的草。葶苈三月开小黄花，四月结子，因是阴气所生，到入夏畏于阳气，便枯死了。所谓靡草其实就是一些枝条细软的喜阴植物，到了夏季气温升高后开始枯死。小满的最后五日是三候，农谚说"小满小满，麦粒饱满"，意味着麦子开始成熟，收获季即将来临，因此也称"麦秋至"。秋天是百谷成熟之期，小满虽是初夏，恰逢麦子成熟，麦天却变成了麦秋。此时农田中的春花作物都氤氲着

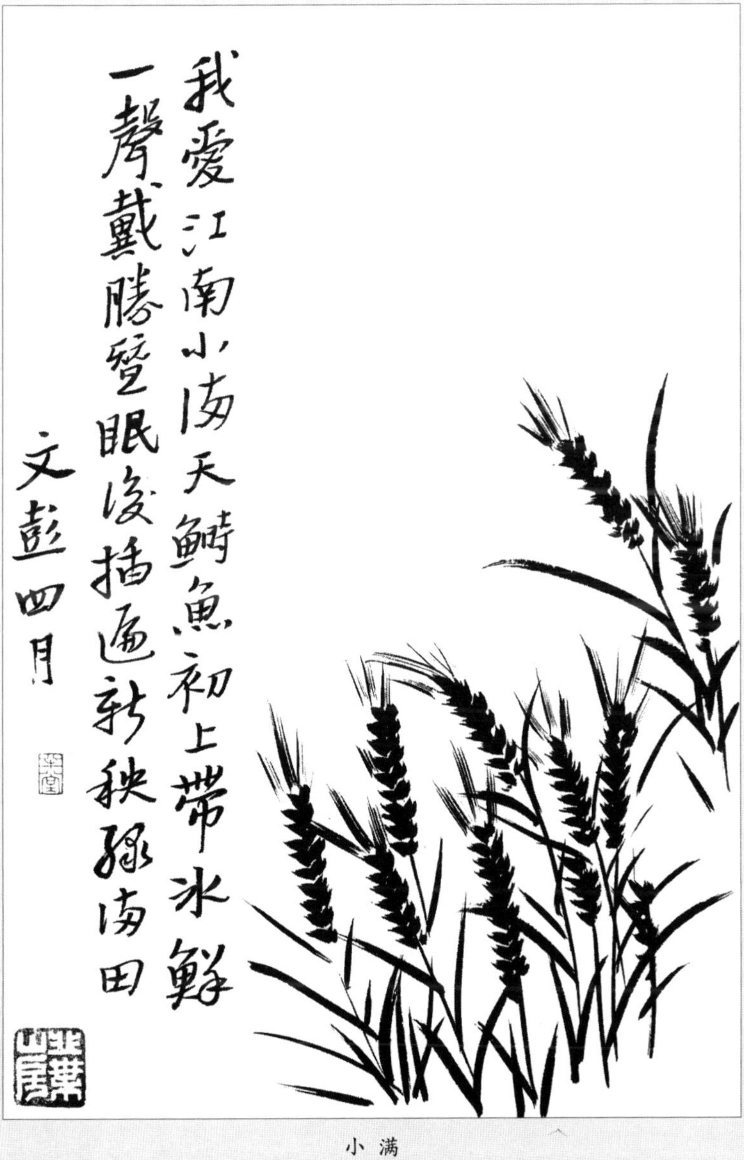

小满

将熟之气，积淀了人们的辛勤汗水，满载着初夏的收获希望。

小满总是充满野趣，山坡上的蓬蘽开始成熟，但人们俗称其为麦莓子，或许正是赶上一个麦子成熟的季节，才有了这样一个亲切的名称。蓬蘽是一种红色小球状的野果，中间空，犹如一顶毛线织就的小红帽，味道极像草莓，但比草莓要鲜美许多。蘽就是蔓的意思，蓬蘽是蔷薇科悬钩子属藤蔓植物，藤上长有小刺，犹如玫瑰一样，花美却带刺。想吃麦莓子只能亲自上山采摘，从来没有看到过水果店里出售此物，只有一次去四明山，山路边有村民在叫卖，这真是纯天然之物，生长于草木丛中，吸收天地之精华，纳藏自然之灵气，没有人为的干预，专为小满之节气而盈满。与之相似的还有两种野果，同属蔷薇科悬钩子属，一种是覆盆子，开白色的花，果子的颗粒聚集但不空心，另一种是树莓，也叫山莓，是直立灌木。三者之间有明显的区别，但三种野果的果形很相似，味也相同。曾经约得三五知己专门到南北湖的山上摘麦莓子，在山坡边的绿丛中，成熟的麦莓子红点闪闪，鸟雀在枝头上叽叽喳喳、上蹿下跳，看到人到来，显出惊恐的样子，但又不甘心离去。这是采食麦莓子的最佳时节，品尝的是野果带来的鲜味，留下的是野趣记忆的乡愁。

“梅子金黄杏子肥，麦花雪白菜花稀。日长篱落无人过，唯有蜻蜓蛱蝶飞。”这是南宋诗人范成大所作的一首《四时田园杂兴》，描写的正是小满的自然景象。这个时节梅子和枇杷变得金黄，杏子和桃子也越长越大，麦粒开始充满，蚕已成茧，人们对生活充满了希望，小满是人生中一个美好的节气。

2019年5月17日

见证芒种的奇迹

“熟梅天气豆生蛾，一见榴花感慨多。芒种积阴凝雨润，菖蒲修剪莫蹉跎。”这是当代嘉兴画家和诗人吴藕汀先生对芒种所描述的诗情画意。芒种以农业作为自己的名称，以生物的多样变化呈现自己的物候特征。

芒种在二十四个节气中属于物候现象的一种，在惊蛰、清明、小满、芒种等四个反映物候现象的节气中排在最后，反映的正是农业物候的变化。《月令七十二候集解》诠释：“芒种，五月节。谓有芒之种谷可稼种矣。”芒种的意思是“有芒的麦子快收，有芒的稻子可种”。这是夏季的第三个节气，也是仲夏来临的消息。一年分四季，每季有六个节气，并分孟、仲、季三个阶段，芒种和夏至这两个节气正处仲夏。以芒种命名一个节气，词出《周礼·地官·稻人》：“泽草所生，种之芒种。”意思是泽草丛生的地方可种庄稼。时至芒种，麦芒耀亮，麦可收割，梅雨稻新，秧田车水。

芒种，有收有种，收获的是植物的种子，播种的是另一种植物的种子，这是农耕文明生生不息的驱动力量。芒种也是一个农忙季节，麦子、蚕豆和油菜等春花作物，早已经历了春风化雨的洗礼，青涩成为过去，麦子在成熟中变得厚重，夏风推动着金色的麦浪，豆荚在长大中鼓起，油菜卸去了黄色的霓裳，所有的华丽在此时都化作了希望，一年的夏收正在这个时节次第登场。芒种也是忙种，在收割的同时，还要种上早稻。古人说“春争日，夏争时”，芒种时节，无论收割还是播种都要争分夺秒。仲夏的江南天气总是变化无常，经常会出现龙卷风、冰雹、大风、暴雨等极端天气，成熟的麦子不及时收割，遭遇大风暴雨就会倒伏，成熟的油菜籽遭遇冰雹就会被打落在田里，而播种同样要抢时间，俗话说“谷子早种三天好，迟了三天就成草”，时间就是产量，一旦误了节气，收成就会大减。芒种，就是农村最忙的季节，芒虽指有芒的作物，但也指繁忙的时刻，种虽然是种子，但也是种植。

芒种三候是：初候“螳螂生”，二候“鵙始鸣”，三候“反舌无声”。螳螂是一种常见的昆虫，越冬的卵鞘总是要等到第二年的 6 月初才开始孵化，这时才会看到小螳螂在灌木丛中出没。这个时节大量昆虫正在繁殖，为螳螂的生长提供了充足的粮食。螳螂的卵鞘呈黄褐色，与桑树的自然色相近，人们称之为桑螵蛸，这是一种常用的中药，用于治疗遗精滑精、遗尿尿频、小便白浊等病症。到了二候，鵙鸟始鸣，这里的鵙其实是伯劳，伯劳与燕子一样是一种候鸟，在南方越冬，夏季北迁并开启繁殖期。伯劳主要以昆虫为食，性格刚烈，且叫声尖锐，到了芒种这个节气，每天清晨总是叽叽喳喳叫个不停，生怕劳累的人们不肯起床。到了三候，很会鸣叫的反舌鸟反而不见出声了。

芒种

反舌鸟就是乌鸫，这种鸟很会鸣叫，而且叫声甜美。鸟的鸣叫大多与繁殖有关，此时它不叫了，恰好是完成了繁殖的任务。螳螂总是要等到大量昆虫出现时才孵化，而同样在这个季节，一些食虫鸟也回迁江南，于是便上演了一出“螳螂捕蝉，黄雀在后”的好戏。

芒种是繁忙的季节，但还是赶上了端午这个传统节日。端午节定格在每年的农历五月初五，在芒种前后，这是两者的情分。现代人对端午节多少有些误会，在北方以为是为了纪念屈原沉江，在南方以为是纪念伍子胥，其实真正的端午节是一种天象崇拜，由上古时代龙图腾祭祀演变而来。仲夏端午，苍龙七宿升至正南中天，是龙飞天的日子，所以端午节也叫端阳节，至今保留的龙舟竞渡就是祭祀龙祖的仪式，只是后来杂糅了多种民俗。民间认为五月是“百毒之月”，是蝎、蛇、蜈蚣、壁虎、蟾蜍等五毒出没之时，需要采用各种方法预防五毒之害。过了端午，天气真正地炎热起来，临近梅雨季节，天气湿热，人易生病，瘟疫也易流行，在端午这天民间流行在门上挂艾草与菖蒲，借以避邪驱毒。

节气的轮换是时间前行的结果，时间是最持久的空间，也是生命的本质，但时间只会一意前行，错过了节气就是错过了时间，种子错过了收割就会失收，错过了播种就会错过生命的轮回，植物赋予种子生命的内涵，并通过时间在大地上演绎奇迹。美国作家梭罗在《种子的信仰》中说：“我相信种子里有强烈的信仰。相信你也同样是一颗种子，我已在期待你奇迹的发生。”芒种正是见证奇迹发生的一个节气。

2019 年 6 月 3 日

夏至的交响诗画

夏至在每年的6月21日前后。这一天，太阳直直地照射在北回归线上，让北半球最持久地接受阳光的抚摸，就如一位打工回家的母亲久久地搂着自己的孩子不愿放开。

夏至是中国最早被确定的节气之一，早在公元前7世纪，先人就采用土圭测日影，一年中夏至的杆影最短，冬至的杆影最长，这是两个最容易观察到的特征，也是最早被古人所发现并确定的节气。夏至这一天太阳直射地面的位置到达一年的最北端，几乎直射北回归线，土圭测到的影子最短，这是特别的一天，也是最具标志性的一天。《月令七十二候集解》上说："夏至，五月中。《韵会》曰：'夏，假也；至，极也。'万物于此，皆假大而至极也。"在古代称夏至为"夏节"或"夏至节"。在这一天，先人通过祭神祈求灾消年丰，这一天也就成为一个最早的节日。夏至的"至"则有三至，日北至、日长之至、日影短至，所以至者极也。过了夏至，太阳直射地面的位置逐渐南移，北半球的白昼日渐缩短。

夏至三候是：初候“鹿角解”，二候“蜩始鸣”，三候“半夏生”。古人认为鹿的角朝前生，鹿是属阳的动物，夏至日是阳至极，接下来就转变为阴气生而阳气始衰，阳性的鹿角开始脱落。鹿在中国文化中是一种吉祥的动物，“鹿”谐音“禄”，禄即爵禄，在古代指官员的等级，也是官俸的数额。

夏至，江南正处于梅雨期间，因雨水的润泽，土地湿润，到了二候之时，蛰伏在地下的金蝉纷纷钻出地面，脱去了金色的外壳，羽化为蝉的成虫，俗称知了。江南常见的蝉有三种。体型最大的俗称“老钱”，总是用“奇——”的长音鸣叫，而且声音高亢洪亮，这种蝉颜色黝黑，喜欢栖在高大的乔木上。体型稍小的一种俗称“无知了”，颜色青绿，喜欢栖在小乔木上，总是用“无知了——无知了——”这种调音鸣叫，声音优雅婉转，知了的名称大概就是从这种叫声中得来的。在桑园地中无知了是最多的，傍晚时分，知了声总是此起彼落，就如田园小夜曲。还有一种俗称“麻奇奇”，叫声如名，拖着长音，尖细而悠长。麻奇奇体型更小，颜色与树皮相近，善于伪装，即使有鸣叫声传出，也难以被发现。夏天是蝉的舞台，也是一年一度的演出季，当早晨的第一缕阳光铺散开来时，蝉便开始鸣奏起清晨的序曲，犹如一曲起床号，催促熟睡的人们可以起床了。正午时分虽然烈日炎炎，但生为蝉却绝不敢偷懒，在某只蝉的带领下，合奏起一曲曲高昂的进行曲。傍晚时分，太阳的余晖照耀在河面，波光闪闪，河两边的桑园地中却传出阵阵知了声，犹如一首小夜曲，柔情似水。

蝉鸣一夏，但蝉鸣的不光是夏天，还有童年的记忆。童年总是等待着夏天的到来，等待着知了声的呼唤。正午之时，天

夏至江郊正好
嬉老红生翠一川
迷田娘箬帽分
秧去乡客泥船
载草归溪犊
卧水禽啼日斜
农路过人稀一
陂野葛花如雪
蚱蜢蜻蜓飏乱
飞
周星誉鹧鸪天
夏至江郊正好嬉

夏至

气最热，但知了总是叫得最响亮最勤快，村里的儿童便举着竹竿，循着声音在树下来回捕蝉。捕蝉是童年在夏天时的最大乐趣，只要听到知了的第一声鸣叫，就准备了竹竿，并在小的一头套上一个竹圈，然后把蜘蛛网一层一层绞在上面，这是一个最简单、最原始的捕蝉工具，循着知了的叫声，找到栖息在树上的知了，在背上一按，知了的翅膀就粘在了蜘蛛网上，知了受到惊吓，一边振动翅膀，一边发出叽叽的惊叫声。捕蝉的儿童却满脸欢笑，捕到的蝉，用一根线系在脚上，让它在前面飞，而自己跟在后边跑，不知道炎热，也不知道吃力，只有自找的快乐。

到了三候，一种名叫半夏的植物在地下长出种球。此时正处仲夏，是夏季的一半，植物的名称也跟随了季节。半夏是天南星科的一种植物，喜欢长在荒地或者疏林下，虽然早在春天就已经萌芽长枝，却要等到夏至日后才长出类似芋头的小小种球。

太阳总是按照自己的意愿南来北往，在行至最北端时，江南大地做出了最热情的回应。万物于此皆假大而至极，早稻开始抽穗扬花，春天的劳作转变为收获的希望。这是一个不能忽略的节气，蝉和蛙都知道时光的珍贵，在昼和夜的变换中，用不同的曲调演奏着田园交响曲。此时绿色遍野，波浪起伏，在辛弃疾看来，这是一首最美的田园诗：“明月别枝惊鹊，清风半夜鸣蝉。稻花香里说丰年，听取蛙声一片。”此时此景此情，分明是最美的江南交响诗画。

2019 年 6 月 17 日

呼唤小暑的音符

小暑，六月节（当然指的是农历）。暑就是热的意思，但热分出大小，月初为小，月中为大，小暑虽已热，但气犹小也。从小暑开始，天气越来越热。与暑相关的一种病就叫中暑，在高温高湿的环境中工作，人体因体温调节功能失调而得病，或者因直接受烈日的暴晒，造成脑组织充血、水肿，引发剧烈头痛、恶心呕吐。

在二十四节气中，有五个节气代表温度的变化，小暑排在第一个，接下来还有大暑、处暑、小寒、大寒等四个不同的节气。《月令七十二候集解》曰：初候“温风至”，二候“蟋蟀居壁”，三候“鹰始击”。刚入小暑，最早的变化就是温风至。至就是极，在一年之中，只有到了小暑，风才开始达到温热而极，此时的风已没有一丝凉意，甚至有点燥热，白天在田地中劳作的人吹着这样的风能解热而不着凉，晚上安睡的人吹着这样的风很舒爽而不受冻。到了二候，蟋蟀的羽翼稍成，但它还不能远飞，天气越来越热，开始离开洞穴，居住在清凉的墙边或者乱石乱砖中。到了三候，幼鹰已经长大，在老鹰的带领下，开始学习飞行搏杀猎食等技术。

小暑是一个有温度的节气，让人感受热度，也让人收获惊喜。进入小暑，正是暑假开始之时，学生离开了学校，回归到自然，这是童年所等待的一个季节。季夏时节，也是全年最热的第一个时段，大自然的夏季剧场已经悄然开演。太阳西沉，夜幕开启，第一位上场的明星就是蟋蟀，墙边总是响起“唧唧唧唧唧唧”“瞿——瞿——”的声音，这就是蟋蟀的鸣叫声。有时蟋蟀还直接从墙边跳出来，探头探脑，莽莽撞撞，不知是被昏暗的灯光所吸引，还是想逃离墙角的潮湿。只要不去打搅它，蟋蟀可以尽情地表演。蟋蟀以善鸣好斗著称，通过两翅摩擦发声，每到繁殖期，雄性蟋蟀会卖力地振动翅膀，用动听的歌声，寻找佳偶，当两只雄虫相遇时，先是竖翅鸣叫一番，以壮声威，然后头对头张开钳子似的大口互相对咬，通过三五个回合的决斗分出胜负，败者黯然离场，胜者高竖双翅大声长鸣。蟋蟀的鸣叫总是唤起童心的好奇，孩子们经常在乱砖瓦砾中翻找，只是它身子小巧灵活很难抓到。在灶边经常出现蟋蟀，偶尔捉住放在掌心，它与人对视，舞动触须，并发出鸣叫声，让人感到惊奇而好玩，当人看得入迷之时，它迅速跳出掌心逃遁，真是艺高胆大、有勇有谋。

还有一种更大的鸣虫，那便是螽斯。在农村，夏天人们吃过晚饭有乘凉的习惯，手拿蒲扇坐在室外，一边驱赶蚊子，一边数着星星，此时的灌木丛中不时传来“织织织”的叫声，这是螽斯在鸣叫，人们习惯称之为纺织娘，大概是它总在不停地叫“织织织”的原因。事实上鸣叫的是雄螽斯，这不是“娘”之所为。螽斯是最善于鸣叫的昆虫之一，被誉为昆虫音乐家，

小暑

鸣声多种多样，有的高亢洪亮，有的低沉婉转，或如潺潺流水，或如疾风骤雨，声调或高或低，声音或清或哑，这正是小暑给大自然带来的惊喜。出于好奇，我时常会打着手电筒去寻找，但总是只闻其声不见其形，人走近了，它就不叫了，转身走远了，它又开叫了。螽斯善于伪装，总是与人捉迷藏，隐于枝叶间很难被发现，但它也有自投罗网的时候，晚上看到灯光，会径自飞入家中，这时就会被轻易捕捉，然后放在蚊帐内，期待着在睡梦中有美妙的音乐相伴。

小暑正是瓜果成熟的季节，在享受美妙音符的同时，还可享用美味。父亲每年都在大横港边的地上种一方雪团瓜，这是一种圆形的葫芦科甜瓜。这时候已经开始成熟，淡青色的瓜皮开始泛白，瓜瓤从苦味变为甘甜，成熟的雪团瓜爽口清甜，既清暑又解馋。这时树上的毛桃也开始成熟。毛桃真的长了许多毛，而且很小，平时不讨人喜欢，但成熟之时食之爽甜，虽然形小，但味道出众。这时村里的成人们都在田间劳作，只有儿童们有时间慢慢寻找并享用这种美味。最让孩童惦记的还是甜粟，模样与高粱一样，没有经验的人很难将两者区分开来。甜粟的茎秆含有充足的水分，叶脉水分充盈；高粱的茎秆不含水，叶脉呈白色。甜粟是专门食用茎秆的，用桑剪剪成一节一节的，一边剥皮一边咀嚼，满口的糖水比甘蔗更加细腻和甜美。

俗话说“小暑大暑，上蒸下煮”，言暑之烈，说夏之炎，是以为证。天气变得炎热，总让人感受不适，但众多的生物正在此时生长繁衍。香熟的瓜果让人馋涎欲滴，美妙的音符呼唤着小暑这个节气，美好的生活在节气的轮换中穿越着时光。

2019 年 7 月 2 日

刻在大暑的温度

大暑是五个代表温度变化的节气中最热的一个，也是农民的一场苦刑。

暑就是热的意思，月初的热还小，到了月中就大热了。初候“腐草为萤”，二候“土润溽暑”，三候“大雨时行”。大暑在农历的六月中，每年的 7 月 23 日前后，从这一天开始，太阳的光芒犹如炽热的铁针向人刺射，火辣辣的感觉是一种极限考验，照射在植被上蒸发出的水汽化作浮光，大地成为一个闷热的蒸笼。这是一年中最热的一个节气，也是太阳刻在大地上的温度标尺。

春天长出的草，到了夏天许多已经枯死，诸如夏枯草、夏天无，从其名称中就传递出不会经历夏天的信息。枯死的草在溽暑中腐烂，而这时大量萤火虫从腐草中被孵化出来。二候时土地湿润，其实这个时候气温达到最高，水汽的蒸发量也就大，而人在炎热的夏天出汗也最多，特别是在农田中劳动的人，身上整天都是湿漉漉的。到了三候，大雨时行，这种雨明显是阵雨，来势快，雨滴大，而去势也快，有时候这爿田里正在下雨，隔边田里却无雨，正如刘禹锡所言：“东边日出西边雨，道是无晴却有晴。”

大暑在民间称作大伏天。大伏指的是三伏，即初伏、中伏和末伏，在时间上为每年的阳历 7 月中旬到 8 月中旬。大暑正是中伏之时，气候特点是气温高、气压低、湿度大、风速小。用暑表示天气热还不够，还要用“伏”来强化，所谓“伏”是五行家对季节的一种安排，木、火、土、金、水五行，对应春、夏、长夏、秋、冬一年五季，土对应的是长夏，此时阴气受阳气所迫藏伏在地下，天气格外炎热，“伏”就是“潜伏”。

大暑是江南最忙、最苦的时节。江南被誉为鱼米之乡，水稻是当地最重要的农作物。现在水稻只种一季，避开了最热季节的收和种，过去水稻都是种早、晚两季，早稻在 7 月上旬成熟，这时就要收割，同时还要晚稻插秧。割稻、晒谷、耕田、插秧，四样农活集中在一个月的时间内，因为要抢收抢种，在农村称作“双抢”，抢的就是时间和天气。夏季天气变化无常，经常下雷阵雨，甚至赶上台风，打稻晒谷都要趁天晴，头上顶着大太阳割稻打稻，就像蒸桑拿，皮肤上不停地渗出汗水，为了抢时间、抢天气，再热再苦也要抢收。好在这个季节白天很长，大清早、天刚亮就起床赶到田间劳作，中午实在太热，体力也严重透支，这时才稍事休息。稻收了还要插秧，晚稻的生长期需要六十多天，一般要在立秋之前就完成插秧，晚了就会影响生长，收成将大减，甚至绝收。白天插秧，晚上还要开夜工拔秧。这个季节的农村真是忙得不可开交，人们戏称为从鸟叫做起做到鬼叫。

大暑

大暑时，学生放暑假回到了家里，但生活在农村的学生却不是回家避暑，同样要参加劳动。在生产队时期，参加割稻插秧可以挣工分，等到承包到户，所有的收种任务都要一家人自己完成，每天一早就被父母催着起床，心里虽十二分不情愿，但看着父母每天无怨无悔，日出而作，日落还没回家，再不情愿也会被这种勤劳所感化。在高温下劳动，经常会中暑，头晕恶心，四肢无力，把人逼入致命的境地，但农民的意志力却是无比坚强，常常只用刮痧的办法做最简单的处理，皮肤上留下的紫红色斑块就是大暑刻下的证据，稍事休息后又一次回到田间继续“双抢”。

大暑的温度总是标刻在一年的最顶端，早晨醒来时就已汗流浃背，到了中午更是热浪炙人，这时我最盼望一场台风的到来。台风时常携着雨而来，对着滚烫的大地吹一大口凉气，洒一层凉意。清人张潮说：“春雨如恩诏，夏雨如赦书。”在炎炎的三伏天，得一场大雨，确实是免了一场苦刑。但这样的天气不是每天都能盼到，每天的中午总让人热不可耐，这时就会泡在河水之中，一边用水冷迫降暑热，一边享受着戏水的快乐。同样享受着这一时刻的还有水牛，在经过半天劳役之后，水牛获得了午休的时光，全身浸泡在河水中，一边吃着草料，一边用尾巴甩打着虫蝇，时而又在鼻孔中喷出两股水柱，所有的疲劳被清凉的河水慢慢洗去。

夜晚是大暑的微凉之时，吃过晚饭的人们手摇一把驱蚊的蒲扇，坐在户外守候一丝微弱的凉风。在空调还没普及的年代，这是典型的江南夏夜。其实我非常怀念这一段童年的时光，夜幕降临后的天空总是繁星点点，路边的草丛中流萤飞舞，光着膀子东家进西家出，听大人们讲故事，望着天空数星星，在草丛中捉萤火虫，对一切充满着好奇，处处有乐趣，正是童年的故事，让自己对大暑这个节气同样刻下最深的记忆。

2019 年 7 月 18 日

微凉喜到立秋时

“一叶梧桐一报秋，稻花田里话丰收。虽非盛夏还伏虎，更有寒蝉唱不休。”这是现代诗人左河水所写的一首《立秋》诗，既有画面，又有温度，让人生出许多秋思。

立秋是秋季开始的第一个节气。《月令七十二候集解》：“立秋，七月节。立字解见春。秋，揫也。物于此而揫敛也。”立就是开始，从这一天起，早晚的气温明显低了一些，有一种微凉的感觉，但仍然很热。

大暑是中伏的节气，有时大暑有两个庚日，中伏就有了二十天，一直延续到立秋之后，而立秋之后仍有一伏，自第一个庚日起是末伏，共有十天时间。立秋后的热，人们习惯称其为“秋老虎”，某些年份秋后特别热，有“十八只秋老虎”之说。而立秋时间的早晚，对这个节气的温度也有影响，《四民月令》说：“朝立秋，冷飕飕。夜立秋，热到头。”农谚说：“早立秋凉飕飕，晚立秋热死牛。”己亥年的立秋在 8 月 8 日的 3 时 12 分，这是一天中最凉快的时刻，预示立秋后的天气比较凉爽。

立秋

是不是这样，让时间来验证奇迹。

进入立秋，南归的太阳还是依依不舍，它还要留给北半球一段炎热的时光，此时大暑的余威不减，白天热浪照样咄咄逼人。江南的水田中，禾苗一片青绿，正享受着阳光的温度，吸收着土壤中的营养，可谓是“阳光雨露禾苗壮，万物生长靠太阳”。较高的积温，催促着晚稻快速生长。有一个成语叫春华秋实，说的就是许多植物在春天开花、秋天结果，草木开始结果孕子，秋季预示着收获。在民间，立秋时要祭祀土地神，对丰收寄托希望。秋天就是这样一个具有重要成就感的季节。其实这时的江南还未到秋天，真正的秋天还需要一个气温下降的过程，只有连续五日的平均气温在二十二摄氏度以下时，才正式进入秋季。此时的北方和高海拔地区早已秋意浓浓，藏北草原进入 9 月就日显枯黄，给人一种苍凉的秋意。

早晚的微凉让忙碌了一个盛夏的农夫有了喘息之机。晚稻已经栽种，只需要等待它的成长，其间，少不了的是田间管理，耘田除草，补齐缺损的秧苗，让它更好地生长。收上来的早稻谷还需要晒干扬净，然后运到粮站出售。在生产队年代，村里都有几艘水泥船，卖谷用船装运，如果赶上星期天，便会搭乘卖谷的船上街，跟着这船黄灿灿的稻谷，在河道中一路流淌，穿过夏天，穿过一季的汗水，在镇上的国营饭店吃一碗馄饨，权当对“双抢”艰苦劳动的自我奖励，再到对面的新华书店买一本喜欢的连环画。回到粮站还要买几斤面粉，这是母亲交办的任务，在过七月半时要裹馄饨，平时还可以做几次面疙瘩。立秋后的南瓜都已老红，这时就把南瓜头摘下来煮面疙瘩，是流行在乡村中的一道美味农家点心。

立秋，是从夏天慢慢过渡到秋天的一个节气，虽然还没有走出三伏，但大地正在悄悄发生变化。初候“凉风至”，二候“白露降”，三候“寒蝉鸣”。毕竟已经立秋，徐徐的风让人感觉凉爽，晚上可以安然地睡上一觉，不再满身是汗水。到了二候，早晨的大地上有了雾气，路上的小草披了一身露水，在田地里干活，衣服一会儿就被露水打湿。到了三候，蝉的叫声明显地减少了，特别是黑蚱蝉的叫声已经慢慢地远去，只有寒蝉仍然在声嘶力竭地鸣叫。这种蝉颜色青赤，比黑蚱蝉小许多，在桑园地里最多，傍晚时分，总是传来阵阵歌声，这分明是一种道别的声音。立秋后常常下起毛毛细雨，这是典型的秋雨。有时候在田地里干活，突然就下起了雨，但持续的时间不长，在农村称其为秋泼潮。这样的雨每下一场天气就凉爽一点，这就是“一场秋雨一场寒，十场秋雨穿上棉”的秋变天气。

“云天收夏色，木叶动秋声。”秋风不仅把树叶吹得沙沙作响，而且渲染出青黄杂陈的色调，偶尔还星落几叶，真是所谓落叶知秋，一年的时光，慢慢地走向秋天，并在色彩斑斓中慢慢老去。

2019 年 8 月 8 日

暑出处暑换新秋

唐代诗人王维有诗：“空山新雨后，天气晚来秋。”这正是新秋的意境。到了处暑，秋高气爽，天高云淡，秋雨过后，空气清新，山景如画。

在刚过去的夏季，出现了小暑和大暑两个节气，气温从炎热发展到酷热。立秋过后，又出现了一个带暑的节气，名为处暑，这里肯定有玄妙之处。“处暑”一词，早在《国语》中就已出现，在《淮南子·天文训》中被列入二十四节气之一。《月令七十二候集解》：“处暑，七月中。处，止也。暑气至此而止矣。”立秋是秋季的第一个节气，但此时的江南还没有出三伏，“秋老虎”威风依旧，只有到了处暑，三伏天已经过去，天气开始由热转凉。处暑其实是止暑、出暑，是离开暑天，真正迎来了新秋。这时的天气中午热、早晚凉，昼夜温差大，是热节之尾、凉节之首。处暑，让大地离开了炎热的天气，受冷高压的影响，空气变得干燥，冷空气有时与暖湿气流相遇，又下起秋雨，一场秋雨一场寒，气温开始慢慢下降，让人感到秋

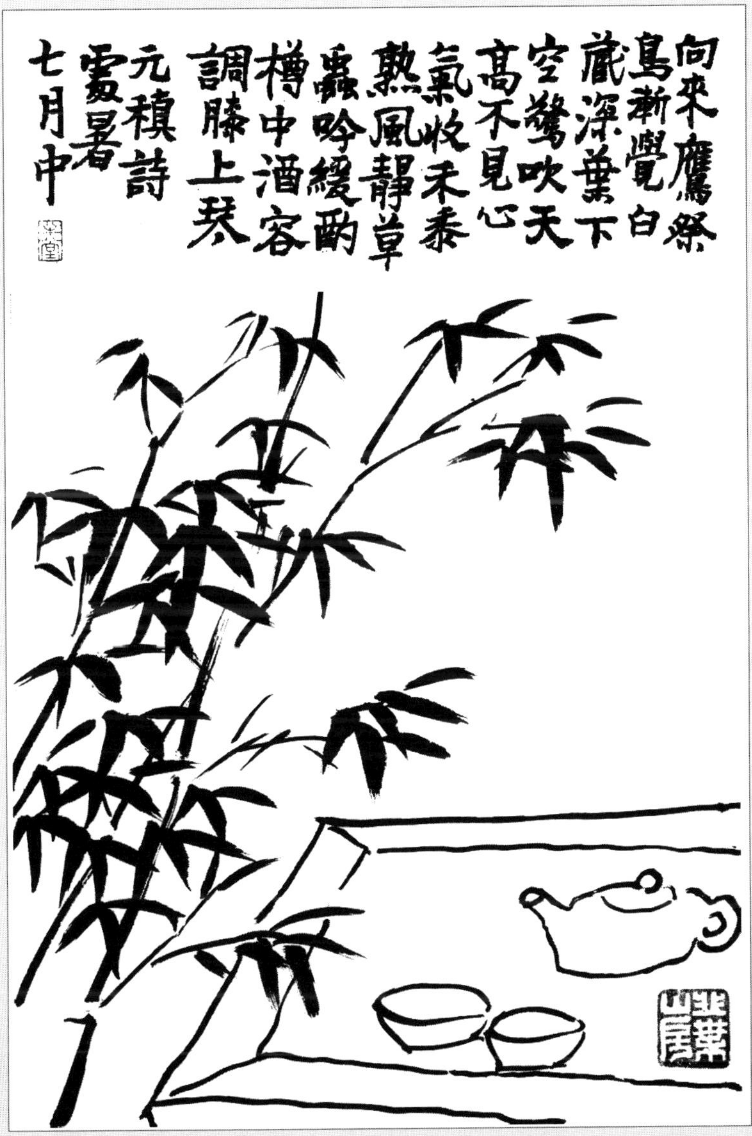

处暑

高气爽。

处暑的三候是：初候“鹰乃祭鸟”，二候“天地始肃”，三候“禾乃登”。鹰是一种猛禽，雄鹰更多时候属于草原，在江南的平原上很难见到，但在童年时代还是曾经偶尔见过，在田野、在村庄附近展翅滑翔，趁人不注意时捕食农户养的鸡。曾经也有过一个报道，一只老鹰入侵某养鸡场，把大量的鸡吓死，可见鹰的威慑力之强大。但古人偏说它是义禽，始捕击诸鸟，然必先祭之。难道在鹰的世界里也有祭祀的规矩，也讲仁义之心？还说它不击有胎之禽。其实鹰是肉食动物，既捕食地面的小型动物，也捕食别的鸟类。鸟类一般都在春季繁殖，到了处暑，老鸟早已不下蛋，小鸟也已长大，这时大地上的飞鸟在一年中最多，鹰在处暑捕食的自然不是有胎之禽，或许捕捉的鸟多到吃不完，有时就放在地上。老鹰更像是鸟类王国的管理者，严格地控制着自然界鸟群的数量，而今却难觅踪影，让众多的鸟再也无所顾忌。成群的白鹭时刻觊觎着池塘中的鱼虾，白头翁不停地呼唤着同伴紧盯着树上成熟的水果，喜鹊和八哥到处偷袭将熟的瓜果。正是它的消遁，给人类的生产制造了种种麻烦，或许从这种意义上说，鹰还真是一种义禽。到了二候“天地始肃”，气温开始明显下降，大地有了凉气，并开始显示于草木、田畴、云翳，一些草木开始枝枯叶黄，让人感受到一种肃杀之气，也让人产生愁绪与秋思。到了三候“禾乃登”，田地中的庄稼开始成熟，“禾者，谷连藁秸之总名。又，稻秫苽粱之属皆禾也”，登就是成熟的意思。

所有的节气都与农业生产有关，处暑虽然表示的是气温由热而凉的变化，但也与农业生产关系密切。江南以种植水稻为主，正是经过这种昼暖夜凉的变化，才开始日趋成熟，正如农谚所说“处暑禾田连夜变”，夏玉米和高粱已经成熟，晚稻扬花后开始灌浆，这时的晚稻需要及时车水灌溉，确保稳产高产，正如农谚所说：“千车万车，弗如处暑一车。”处暑也是大部分蔬菜的种植季节，俗话说“处暑萝卜白露菜”，许多绿叶菜不适应高温季节生长，盛夏的江南很难种植青菜、白菜和萝卜，这些蔬菜喜欢冷凉的气候，到了处暑刚好是合适的播种季节，9月份的平均气温在二十四摄氏度左右，适宜蔬菜的根叶生长，到了10月份气温逐渐降到十七八摄氏度，昼夜温差进一步加大，养分累积到肉质根部，萝卜开始逐渐长大。

“暑气时将薄，虫声夜转稠。江湖经一雨，日月换新秋。”到了处暑，暑气退伏潜藏，从此，烈日不再炙烤大地，蝉鸣逐渐消声。早秋，在江南还感受不到秋意，但大自然还是悄悄地发生变化，或许某一天早晨起来就发现，木落几枝黄，早秋惊落叶，层层的秋雨，早晚的凉风，让树木最早感知到秋天的脚步。王勃在《滕王阁序》中有名句：“落霞与孤鹜齐飞，秋水共长天一色。”秋天虽然有点凄凉，但秋天是如此之美。

2019年8月20日

白露含秋滴乡愁

童年时，母亲告诉我一句民谚：“白露白迷迷，秋分稻秀齐。”其时并不理解其中之意，但这句话从此便记在心里。在农村，每家每户都有一本日历，挂在墙上，早晨起来翻一页，数着日子，等待着下一个新节气的到来。有一段时间流行美女挂历，但农村人并不喜欢，美女与节气无关，只用土气的日历，表明每个节气的日期和发生的具体时间，这是与农业生产密切相关的重要信息，空白的地方还可以用来记事，成为农家的备忘录。母亲不识字，过一段时间就让我查看日历，下一个节气什么时候到来，根据不同的节气，或者准备一些农作物的种子，或者找出换季的衣服。节气默默地引导着农村的生产，悄悄地提醒着气候的变化。

白露是9月初的一个节气，代表的是温度的变化。在每年的9月8日前后，时间已行至仲秋，在这个月还有一个传统佳节中秋，中秋刚好落在仲秋时节，是不是很巧合？《月令七十二候集解》中说：“白露，八月节。秋属金，金色白，阴气渐

白露

重，露凝而白也。”此时冷空气转守为攻，夏季风逐步被冬季风代替，温度明显下降，特别是到了晚上，温度已经下降到二十多摄氏度，水汽遇冷在地面凝成白白的水滴。这些水滴挂在蜘蛛网上，摇摇欲坠，积在树叶和瓦楞上，慢慢滴落。

杜甫说：“露从今夜白，月是故乡明。”正是从白露开始，清晨，花朵、草木上凝结的白色水滴，在晨色中闪耀着晶莹的光芒。时间上，白露处于农历的八月份，属于秋季的第三个节气，正午时分天气仍然较热，一早一晚气温降低，昼夜温差较大，水土湿气遇冷而凝为露，白者露之色也。白露的夜，一弯上弦月悬挂在天空，月儿渐圆却是格外醒目，让人勾起一怀秋思，更让远方的游子增添乡愁。有一年我在羌塘高原工作，正是 9 月初的时节，山坡上的草已日渐枯黄，夜晚的月色却皎洁明亮，若隐若现的中秋气息，让人满怀思乡之情。

到了白露，初候“鸿雁来”，二候“元鸟归”，三候“群鸟养羞”。按古人的说法，鸿大雁小，这是两种不同的鸟，但鸿、雁都属于候鸟，二月北飞，八月南飞，迁徙的路上非常辛苦，有一首著名的歌曲名叫《雁南飞》，描写南飞途中“雁叫声声心欲碎”“不等今日去，已盼春来归”。到了二候，元鸟也回北方去了。元就是玄，元鸟就是黑色的鸟，这是人们非常熟悉的燕子，春分的时候来到江南，喜欢在廊檐下甚至是屋内筑巢繁衍。燕子本属北方之鸟，却在江南出生长大，白露一到，秋风萧瑟，大地上的昆虫也开始遁迹，季节告诉燕子，该回祖籍了。到了三候，诸鸟感知到肃杀之气，开始储备过冬的粮食。所谓“群鸟养羞”，群者，众也，三人以上为众，三兽以上为群，“羞”通“馐”，指的是美食。这个季节有很多谷物和坚果已经成熟，鸟和其他动物的食物很丰富，经过这一季，大多膘肥体壮，为越冬做好准备。

“白露白迷迷，秋分稻秀齐”是刻在童年里的记忆。每天早晨背着书包上学，总是沾着一鞋的露水，路边的稻穗却显得有点娇羞，一天比一天更低下了头。滴落的白露正是迎接秋收的信号，此时地里的红薯已经长大，黄豆已经长实，母亲及时地翻出一篮红薯，煮一锅尝个鲜，香甜软糯，是多么熟悉的味道。还喜欢把黄豆荚与芋头一锅煮，这是最简单的做法，却有着最纯真的味道。在农村不讲究形式，但有最地道的境界。父亲喜欢种菱，此时的红菱已经长大，或许还有点嫩，但生吃或者做菜刚好，鲜嫩的菱角甘甜爽口，豆腐煮菱是美味的农家菜。我家住在大横港的边上，这条河曾经盛产鱼蟹，也为童年带来惊喜。白露一到，该起西北风了，这时的河蟹就会顺着水渠爬到稻田里，爬过的沟渠中留下一串脚印，追着踪迹寻找河蟹，这些河蟹有的还来不及隐藏，有的已经在沟边打了洞，但只要用手一掏就能抓到。这样的年代，抓螃蟹就如一场游戏，既简单又轻松，只需花点时间在稻田中仔细寻找。这种野生的大闸蟹，肉质细腻，味道鲜美。

白露临近中秋，将人们带进诗情浓郁的传统节日：八月十五中秋节，天上一轮满，人间万里明。中秋节是团圆日，以月之圆满兆人之团聚，一家人倚窗围坐，吃月饼，赏皓月，其乐融融。中秋节也是思念之夜，明月易低人易散，相见时难别亦难。远在他乡的游子“独在异乡为异客，每逢佳节倍思亲”，“举头望明月，低头思故乡”。“月有阴晴圆缺，人有悲欢离合”，中秋的月虽然格外明亮，但终究是月难长明、情难久留，在团圆之夜留下众多的思念和愁绪。

白露含秋，滴落三千年的乡愁。

2019 年 9 月 5 日

秋分天气白云来

“琴弹南吕调，风色已高清。云散飘飖影，雷收振怒声。乾坤能静肃，寒暑喜均平。忽见新来雁，人心敢不惊?”正如元稹所言，时至秋分，天高气爽，白云飘飘，雷声已收，寒暑均平。

秋分处在秋季的中间，分就是平分，一个“分”字把秋分成前后两半。类似的节气还有春分，夏冬二季中的夏至和冬至虽然也处在季节的中间，但都无权享用“分”字，只因春分与秋分这两天昼夜的时间均等。秋分这一天太阳到达黄经一百八十度，直射地球赤道，全球大部分地区在这一天昼夜各十二小时。秋分过后，太阳直射点开始由赤道进入南半球，北半球开始昼短夜长，当太阳走到黄经三百六十度时，就是春分时节，这一天既是一个终点，也是一个全新的起点，太阳直射点再一次回到赤道，并开始进入北半球，北半球开始昼长夜短。

《月令七十二候集解》说：“秋分，八月中。”分者，半也。按我国的农历，秋季从立秋开始，到霜降结束，秋分刚好是秋季九十天的一半，气温降低的速度明显加快，日平均气温都降到二十二摄氏度以下，雨季刚刚结束，凉风习习，碧空万里，丹桂飘香，蟹肥菊黄，是真正的气象学意义上的秋天。而秋分这个节气的三候变化，也充分显示出自己的特点。初候“雷始收声”。从秋分开始，阴气开始旺盛，不再打雷了。春雷在惊蛰乍现，到了农历的二月，阳气开始旺盛，惊蛰这一天经常会突然雷雨交加，过了秋分，暑气终结，秋寒开始，一场秋雨一场凉，天气逐渐阴冷寒凉，万物开始枯黄衰败。在经过了燥热的季节之后，突然夜阑寂静，夜晚已没有知了声催人入睡，清晨也没有知了声催人醒来，半夜更没有雷声把你惊醒，只有窸窸窣窣的雨声偶尔进入凌晨的梦乡，让人体会到一种清冷与孤独的况味。二候“蛰虫坯户”。“坏”，通“培”，是陶瓦之泥，也就是细泥；“坏户”，就是昆虫在地里封塞巢穴。小虫喜欢在这种细泥中蛰穴居住，由于天气变冷，一路与我们走过春夏的昆虫开始藏入穴中，并且用细泥将洞口封起来以防寒气侵入，以漫长的收敛等待春天的复苏。三候“水始涸”。《礼记注》曰：“水本气之所为，春夏气至故长，秋冬气返故涸也。”这时降雨量开始减少，天气变得干燥，水汽蒸发快，湖泊与溪流中的水量变少，隐藏在枯蒿间的水洼细瘦而安静，有的甚至干涸了，天空中偶然飘过的一片薄云，在浅浅的水面慢慢移动，水和云本是同一物质的不同形态，此时却通过这种形式直接呼应。

《春秋繁露·阴阳出入上下》云：“秋分者，阴阳相半也，故昼夜均而寒暑平。”这就是秋分的最大特征。“燕将明日去，秋向此时分。”天地、日月、昼夜，经过无数次互转，终于到达了秋分的均衡。均衡，在几何意义上是一种对称，左右对称，上下对称，映射对称；在大自然中是一种和谐，冷热相济，枯

秋分

荣轮回，生发有序。秋分正是到达均衡的一个标志，此时天气不冷不热，是江南一年中最舒适的季节，秋高气爽，天高云淡，漫天的落叶随风飘零，稻浪连绵起伏。这就是秋分时节，一个真正的秋天，秋色让人心醉，秋意令人忘返。但美好的时刻总是难以久留，一念过去，时间早已前行，太阳从此刻开始，向南半球移去，让北半球的光照日渐缩短，黑夜延长，白昼变短，直至冬至达到白昼最短，从此，一个新的轮回再次开始。

秋分是秋的中点，是真正的时间上的中秋，古人最早就是以这一天作为中秋节，可惜这一夜的月亮还未圆，没有圆月的中秋总是美中不足，后来就将中秋节后移至八月十五。这一夜天上有明月，人间有美酒，葡萄美酒夜光杯，多少诗人月下醉。明月几时有？把酒问青天。海上生明月，天涯共此时。此时此景，文人会有多少感慨和诗情？秋分虽然失去了中秋之节，但注定是重要的一天。2018 年，经党中央批准、国务院批复，中国农民丰收节设立了，这一天正是秋分，一个古老的节日在新时代重新登上了舞台，从一个节气升格为法定节日，这是何等重要的地位，从此，中国的农民在这一天举办丰收的节庆，传递丰收的喜悦。

春华秋实，大多植物遵从了这一规律，在秋的声色中，把一年的精华都集中于种子之中，也有一些植物总要等到秋天才开花，桂花就是其中的代表，金秋送爽，三秋桂子。明净的天空中白云飘浮，桂花的甜香四处弥漫，所有的物象期盼着丰收的节日。

2019 年 9 月 18 日

寒露一滴梧落黄

今天已是白露之末，早上下了一场大雨，但很快就停息了，一会儿又飘起毛毛细雨，这是典型的江南秋雨。风吹得树枝东倒西摇，雨落在身体上很快起了鸡皮疙瘩，真是一场秋雨一场寒。走进田野，稗草和牛筋草挤满了田岸，抽出的小穗鹤立鸡群，一副无知和骄傲的样了，相反，日渐丰盈的稻谷却低下了头。远望田野只有一片绿色的禾叶，走近了才发现稻谷已经开始转黄，真是验证了“白露白迷迷，秋分稻秀齐”的农谚。

寒露是秋分之后的节气，同样是一滴露，却挂在秋分的两头，白露由暑热转入了秋凉，寒露由秋凉悄然走进秋寒。寒露，第一个带“寒”字的节气，刚入深秋，未及冬天。元吴澄《月令七十二候集解》说：“寒露，九月节。露气寒冷，将凝结也。”也就是说，寒露的气温比白露时更低，地面的露水更冷，快要凝结成霜了。

回到家中，母亲说要去田边翻芋艿，留下我独坐厢房，呆呆地望着场前的榉树。这是童年时父亲种下的树，树龄早已超过四十岁，秋风正吹打着它的枝叶，发出沙沙的声音，突然有种感受，此时的秋意似乎是用耳朵听的：走在田野中可以听到稻浪的起伏声，坐在家中可以听到树叶的招展声，更热闹的是秋虫的鸣叫声，那些螽斯不分白天黑夜总是鸣叫不止，夜深人静时的叫声更是高低起伏、快慢组合，似乎秋天就是它们的天下。母亲翻了一篮芋艿回来了，说是只翻了两棵就那么多，其实根本还没有长大。农谚说："豆子寒露动镰钩，骑着霜降收芋头。"现在天气还没有冷下来，营养还停留在芋艿的茎秆上，正处在长大的时候。我说大概到了寒露芋艿就长大了，她却说再过半个多月地里的毛豆也长实了，到了寒露就要准备收割晚稻了。不愧是一个老农民，虽然不识字，却将每个节气的农事记得清清楚楚。俗话说："寒露到，割晚稻；霜降到，割糯稻。"现在只种一季晚稻，种得早，自然成熟的时间也提早了，走在田野里，一部分稻穗已经开始转黄，稻子正在成熟的路上。

如果白露的秋意是用来听的，那么寒露的秋意就是用来看的，这是一个色彩最为绚丽的时节。到了寒露，场前的这棵榉树，树叶就开始由绿转黄，最后全部变成铁红色，成为村里的一道风景，而且持续很长的一段时间。这个时节，还有更多的植物发生奇妙的变化。银杏的树叶也在由绿转黄，明黄的色彩，挂在树上是一道风景，飘落的过程是一场缤纷，落在地上又是一道风景。村庄里的柿子已经皮黄，待到寒露就会转红，红红的柿子挂在树上，老远就能看到，主人却不急于采摘，留下一道风景，增添季秋的色彩。既入寒露，大部分植物早已春华秋实，但还有例外，菊花总是选择秋寒之时粉墨登场。原生的菊花是野菊，鲜黄的花色引人注目。菊花"芳熏百草，色艳群

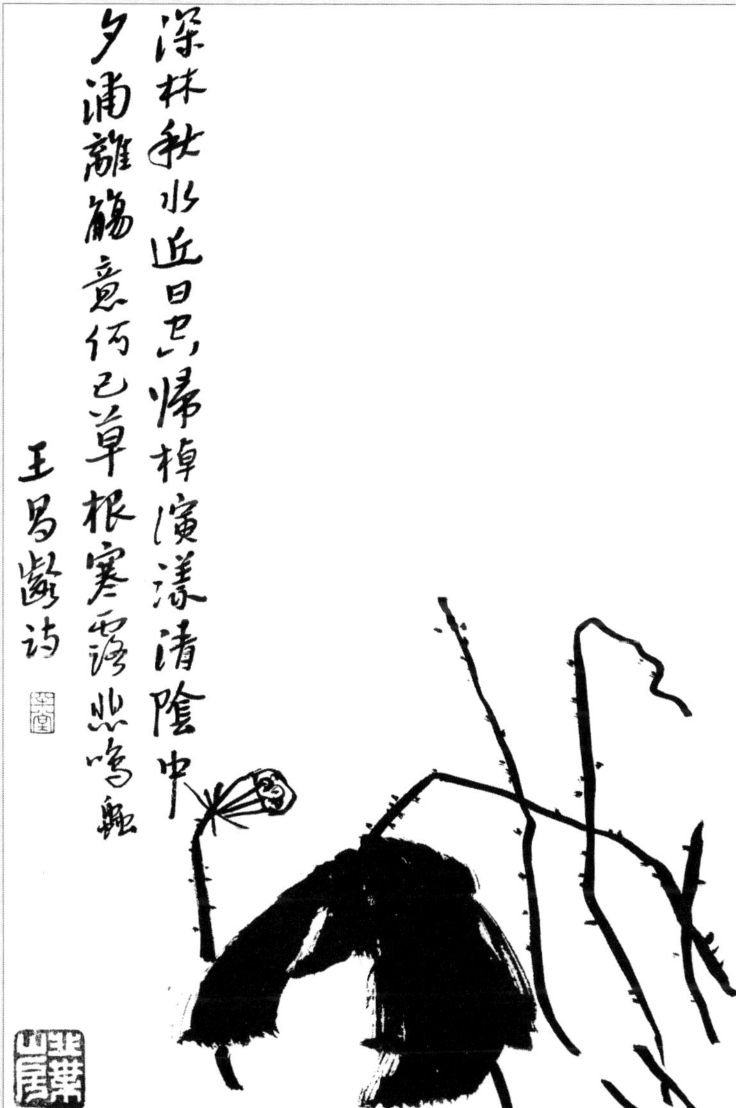

寒露

英”，菊花开在深秋，成为“花中四君子”之一。这个节气，一定要到丰义的山上走一遍，道路旁、山坡上的秋菊正开着一丛丛黄色的小花，显示出秋天里的蓬勃生机。与之相伴的还有香薷这种植物，成群结队地长在山坡上，紫色的穗花傲视秋风，更像秋天的睫毛，虽然每天早晨沾着一身寒露，却是“裛露掇其英”。

一滴寒露，把江南带进深秋，让大地悄然发生变化。古人把此时的三候总结为：初候“鸿雁来宾”，二候“雀入大水为蛤”，三候“菊有黄华”。鸿雁在白露节气就已经开始南飞，到了寒露已是最后一批，因为是后到者，古人称之为“宾”。后五日，“雀入大水为蛤”，深秋天寒，雀鸟都不见了，古人看到海边突然出现很多蛤蜊，贝壳的条纹及颜色与雀鸟很相似，以为这是雀鸟所变，飞物化为潜物，天气将由凉转寒。再五日，“菊有黄华”，华即花，草木皆因阳气开花，唯独菊花因阴气而开花，其色正应晚秋土旺之时。

露都已经寒了，雨也已经冷了，梧桐在萧萧的秋风中木落叶黄，稻谷在起伏的波浪中秆低穗熟，菊花却迎着秋寒特立独行地开出一片明黄。好一个多彩的时节。

2019 年 10 月 7 日

霜降大地冬悄然

过完国庆长假的第一天就赶上寒露的节气，空气中已明显渗入了丝丝寒意，不知道是节气的更迭引导了寒暑的变换，还是季节的变换推动了节气的前行，再过半个月就是霜降了，这是秋季的最后一个节气，连接着冬季，气肃而凝，露结为霜。

寒露的前一天刚好赶上了重阳节，这一天有登高的习俗，趁着放假专门到文溪坞登隐马山。隐马山海拔不高，适合登高，站在山顶向东远望，杭州湾尽收眼底，海边北有秦山，南有青山，向南远眺有葫芦山、长墙山、高阳山，收回目光，对面是扇子山，西北方向还有马鞍岭，唯隐马山独居众山之中。今日重阳节，登高眺江山，江水共天色，云淡秋山明。其实登高只是一个借口，真正的用意是想感受一下满山的秋色。隐马山上的植物种类不算多，但能表达秋意。秋意当然是用色彩来描绘的。走在山道上，两边散落的乌桕树，虽未及长高，还略带青涩，但树叶已开始由绿转红，一种标准的中国红，如小旗随风摇曳，似乎正是为国庆准备的仪式。在半山腰的地方，柘树的叶开始泛黄，枝条上结着一串橘红色的浆果，已经成熟。柘树是一种很古老的植物，其叶可以用来养蚕，但很少看到结果，隐马山上的柘树竟长出了果子，这是平生唯一所见。在柘树之畔还长了一丛算盘子，因所结的果子像算盘珠而得名，这个时候果子成熟而发红，一副秀色可餐的样子。但我最想一探的是高大的枫香，它是否已为秋天准备好标志性的色彩？

霜降因白露凝结而成。进入霜降，天气渐冷，夜晚地面热量散失非常快，在北方地区此时的温度已降至零摄氏度以下，空气中的水蒸气在地面或者近地植物上直接凝结成冰针，有的成为六角形的霜花，但江南并没有开始降霜，只是温度快速下降加速了大自然的变化。在霜降三候中，初候“豺祭兽”，二候“草木黄落”，三候“蛰虫咸俯”。古人认为豺狼在初候时开始捕获猎物，并以猎获之物“祭兽，以兽而祭天，报本也。方铺而祭，秋金之义”，或许是霜降之后天气变冷，食物容易保存，豺狼将捕获的猎物先陈列再食用。过五日是二候，天气逐渐寒冷，树叶开始枯黄，飘落满地，一阵风袭来，沙沙作响。再过五日，蛰虫都藏到了洞中不动不食，垂下头来进入冬眠状态中，这时突然发现，唱了一秋的鸣虫已经无声无息，大地变得万籁寂静。

霜降时节，白露变成寒露，寒露又要变成霜降，霜打后的枫香叶红艳醒目，远望近眺都是亮丽的风景，如果说春天是繁花似锦，那么秋天就是风景如画，此时再登隐马山，那一排枫香早已“霜叶红于二月花”了。河边的红羽杉，倒映在水中，秋风激起的涟漪，化作红色的彩绸。霜降之后，柿子成熟，落尽了树叶，只留下鲜红的柿子，挂在树上似一串串小灯笼，留在记忆里是一段乡愁。

霜降

江南出现初霜的时间，大部分在 11 月份才开始，偶尔也跟着霜降的节气一并到来。霜降时虽然天气变冷，但也是很重要的气候过程，农民认为“霜降见霜，米谷满仓”，霜降杀百草，杂草经过霜打而枯死，有利于冬种。霜降节气在江南农村是农忙时节，晚稻正在收割之中，地里的黄豆也成熟了，收了晚稻还要种麦子和油菜。在农村实施承包责任制之前，成年人在生产队收稻收豆子，学生放了学就到田里捡稻穗，在地里拾毛豆，稻穗可以喂鸡养兔子，毛豆可以做豆腐。那时农村的田地和粮食都属于生产队集体，养鸡养兔子没有饲料，捡回来的稻穗大有用处，城里人有豆腐票，农村人只能用毛豆换豆腐，趁秋收之际捡个漏，真是意外的收获。

寒冷的清晨，草叶上、土块上常常会覆盖一层白霜，干农活时手有点冷，但这是一个好天气，俗话说“浓霜晚暖热”，早上看到遍地白霜，准是一个阳光普照的大晴天。地里的青菜经过霜打淀粉沉积，吃起来又香又甜。这时也是腌咸菜的季节，腌一缸咸菜从冬天吃到春天，虽然味道单一，却是家乡的农耕味道。在童年时代，内心总非常期盼霜降的到来，经霜打后的楝树叶落籽现，这时就可以把它打下来卖钱，虽然每斤只有两三分钱，但数量很多，忙上几天可以换回几块钱。霜打后，黄鼠狼长出了厚厚的绒毛，这时羊皮行就开始收购黄鼠狼，用向日葵的茎秆做一个三角形的压杀钎，装在港地中或者墙边，上面压上稻秆泥，每日一早就踏着白霜查看一次。有一天当真压到了黄鼠狼，那份惊喜让童年的我激动不已，背着一只黄鼠狼走在上学的路上，满脸更是掩不住的笑容，能卖到好几块钱呢，绝对是重大的收获。

霜降，意味着秋去冬来。霜打绿叶，有的凋零，有的晚红，这是季节的变换，也是自然的变幻。落叶与往日诉说着缠绵情丝，但终究哀伤而别，红叶把大地装点得如火似锦，但终究难留秋色。

2019 年 10 月 15 日

秋事渐过立个冬

刚入霜降，冷空气就横扫大地，冬天的脚步正在从北方向江南逼近。立冬就像是敲开冬季大门的声音，“咚咚”地潜入阴寒的西北风，把冬季的大门敲开。立冬是冬季的第一个节气：“立，建始也”，表示冬季自此开始；“冬，终也，万物收藏也”。立冬以后，动物藏身规避寒冷，秋收的粮食收藏入库，立冬也提醒人们冬季到了。

立冬开始，由北向南，华夏大地依次迈入冬季，时曰“寒辰”，节曰“严节”，草曰“黄草”，木曰“素木”。此时的三候变化是：初候“水始冰”，二候“地始冻”，三候“雉入大水为蜃”。也就是说，初候时水开始结冰了，再过五日，土地也开始冻结了。不同于其他季节，冬天到来的消息是由水土传递的，寒冷之气不断侵入大地，水始冰，地始冻。持续的降温是入冬后最直观的变化，但江南的冬天来得更晚一些。从气象学意义上说，连续五日的平均气温降到十摄氏度以下，才真正进入冬季。从这个意义上说，江南的冬天大致在小雪节气才会到达。

立冬

到了三候时，“雉入大水为蜃”，这是一个有意思的说法。雉是野鸡，也可以指大型的鸟类，而蜃则是大的蛤蜊，古人认为海市蜃楼是蜃吐气而成，与此相对应的是寒露时“雀入大水为蛤”。鸟怎么会入水成为蛤呢？这根本不符合自然常识。但到了冬季，似乎听不到野鸡在野外的咕咕叫声，大蛤即为蚌，其花纹和雉的羽毛颜色有几分相似，古人便牵强地把这两者联系了起来，认为雉跑到水里变成了蜃，这是对自然现象的一种朴素认识。

立冬，更像是一种仪式，是时令向大地的一次宣告。此时的江南尚沉醉在深秋的惯性之中。十月江南天气好，可怜冬景似春华。山坡上的梨树竟然错把十月当春天，绽放出一片白色的芳香。山道上的野菊正在一路狂欢，亮黄的色彩如迎接春天一样隆重。高大雄伟的榉树，以铁红色的庄重迎接冬季的到来。挺拔优美的银杏树，黄色的树叶化作蝴蝶纷纷飞落。但节气告诉人类和万物，冬天已经来临。在古代，立春、立夏、立秋、立冬是二十四节气中的大节气，并对其怀有礼敬之心，天子需要前呼后拥地恭迎每个季节的来临，迎春于东郊，迎夏于南郊，迎秋于西郊，迎冬于北郊。在立冬之日，天子亲率三公、九卿、士大夫在北郊迎接自北而来的冬季。

俗话说：“立冬一日，水冷三分。”虽然说得夸张，但也是今宵寒较昨宵多。随着气温的持续下降，该换冬装了。在古时，立冬是个“寒衣节”，有的皇帝会在立冬之日为臣下赐袄、赐帽。童年时，母亲总是赶在入冬前拼命织毛衣，生怕立冬后天气冷把儿女冻坏。现在各种保暖衣都有销售，甚至连商场都不用去就能购买，只要在网上下个单，一两天内寒衣就送到了手上，天下父母再也不用为此而操心了。

立冬以后，历来是冬令进补的重要时节。俗话说：“冬吃萝卜夏吃姜。”此时正是吃萝卜的大好时机，在民间萝卜素有“小人参”的美称，其所含的辛辣成分芥子油，可以促进新陈代谢，对高血压、动脉硬化具有辅助功效。白萝卜皮白而不透者，肉味偏辣，可以熟吃；皮色透明的白萝卜或红萝卜，肉不辣而甜，还可以生吃。冬令进补在民间历来是一种重要的活动，在农村，经历夏秋两季高强度的劳作，身体承受了高度的透支，立冬以后农活少了，刚好是滋补身体的时候，养好身体既是本源，也是为明年的生产劳动做好准备。以前生活水平低，老母鸡汤就是一份贵重的滋补品，但只有轮到吃的人才可以享用。记得童年时父亲每年都会做猪油胡桃，但不知道这是补品，只知道香甜可口而偷着吃。现在滋补品多种多样，大多数人讲究养生，而冬季滋补或许是最重要的方式。人参大补元气，只有在冬季食用才最合适，吃膏方也是现今比较流行的冬补方式。

秋已深，渐入冬。苦寒的岁月，开启一季的修行。

2019 年 11 月 2 日

小雪未降冬意浓

小雪是一场雪吗？小雪分明是二十四节气中的一个名称。

既立冬，气温又有了明显的下降，秋风变朔风，也就是北方来的寒风，它不再如秋风自上而下，而是着地而行，拼命地往人的身体里钻，让所有生物都感受到苦寒的萧疏。人行道上的杜英突然变出了许多红叶，不知是对秋的依恋还是对冬的恐惧。无患子的黄叶已经开始纷纷飞落，亮黄的景色正在慢慢地稀释。山坡上现出了枯败的景象，狗尾巴草早已干枯，小尾巴正在摇落细小的种子。此时的江南，正是“荷尽已无擎雨盖，菊残犹有傲霜枝”。

节气的变换，就是气温和物候的变化。时空在变，节气在变，景象也在变，小雪正是江南告别秋天的时候。《月令七十二候集解》曰：“小雪，十月中。雨下而为寒气所薄，故凝而为雪。小者，未盛之辞。”也就是说，时间到了农历十月中以后，天气渐冷，天上下来的雨凝而为雪，但这时的雪还不大，于是古人把这个节气命名为小雪。小雪的三候是：初候“虹藏

小雪

不见”，二候“天气上升，地气下降”，三候“闭塞而成冬”。此时的北方，已经开始下雪为多，不再下雨了，没有雨自然也看不到彩虹。到了二候，天空中的阳气上升，地面的阴气下降，导致天地不通、阴阳不交。到了三候，万物失去生机，天地闭塞而转入严寒的冬天。但此时的江南还没有下雪，唯有清晨的地面披盖了一层白霜。中国的南北差异很大，江南四季分明，真正进入冬季是在小雪以后，开始下雪却在冬至以后。小雪节气，太阳刚好到达黄经二百四十度，这时离北半球越来越远，但还没有到达最远，正是从这个时候开始，小雪把江南带入了冬天。

节气里有小雪，是告诉人们冬天渐近，与大雪的区别是时序先后和寒意深浅。虽然寒意凝固了大地的生机，但仍有许多喜冬的植物终于等到了这个时节。路边的黄鹌菜早已长得郁郁葱葱，有的甚至长出了花苞。荠菜是一种典型的冬季植物，在十二至二十摄氏度时生长最旺盛，此时到野外仔细寻找，肯定会有所发现，只是长得还幼稚，不太引人注意，等到春节一过，当发现大片荠菜时，它早已起薹开花。地里的青菜正在快速地生长，尚未到天寒地冻之时，正是适合生长的季节，虽然天气冷了，却是正适宜的气候。对于农民来说，小雪仍然是一个重要的节气，晚稻收割后，正是冬种的时候，大麦、小麦适合初冬播种，经过一冬的发芽扎根，到了春天刚好快速生长。种油菜也在这个时节，虽然天气渐冷，但农民仍然冒着寒风，沾着白霜，在田间种下一棵棵菜苗，寒冷的天气把菜叶冻得发红，但它们仍然顽强地扎根抽叶，耐心地等待着春天的到来。

雪是冬天的符号和标志，人类总是对之有着复杂的情感。

冬天里的一场雪，既是好事也是坏事，应时之雪可以杀虫保温，预示着明年的好收成，可谓是瑞雪兆丰年。大雪也会造成雪灾，压坏庄稼，妨碍交通。但作为节气的小雪在江南没有下雪的仪式，给人们的记忆留出了许多空白。小雪节气只预示着气温不断地下降，即将跨入寒冷的冬天，农事跟随下降的气温开始闲淡，忙碌了一年的农民也进入了休整阶段。这时地里的青菜已经长大，刚好可以腌一缸咸菜，用于烧肉煮鱼，具有独特的鲜味。小雪节气后，许多人喜欢做香肠、腌腊肉，这是冬天的味道，等到春节时正好享用。长了秋膘的羊正肥着呢，这是吃羊肉的大好时节，海盐素有冬季吃羊肉的习惯，澉浦的红烧羊肉更是久负盛名。置一口大锅，慢慢地煮，放入黄酒、老抽、蜂蜜等调料，煮至肉色红润、甜香四溢，让人直流口水，这绝对是舌尖上的美味。澉浦人还喜欢用羊汁烧芋艿，同样能吃出羊肉的余香。羊肉的热量很高，冬季食用益处多多，可以促进血液循环，改善阳气不足导致的手足不温、畏寒怕冷等症状，吃一餐羊肉，温暖一个寒夜。

小雪把江南带进了冬天，寒意伴行一个冬季，但春意也从此开始孕育，江南的大地上，一年蓬在枯死的老根上已冒出新芽，婆婆纳在向阳的坡地上勃发生机。冬天已经来了，春天还会远吗？

2019 年 11 月 20 日

大雪节气天地寒

虽然小雪节气没有降雪，但三朝雾露之后刮起了西北风，满地的落叶，在风的驱赶下，像一群苍蝇，一会儿飞向空中，一会儿扑向地面，伴着沙沙的响声在地上打滚，这正是走向大雪节气的脚步。

大雪是冬季的第三个节气，《月令七十二候集解》说："大雪，十一月节。大者，盛也。至此而雪盛矣。"意思是说到了大雪天气更冷，降雪的可能性比小雪时更大了，但在江南，小雪节气并不降雪，大雪节气降雪的可能性也很小。在二十四节气中，大雪和小雪、雨水、谷雨等节气一样，反映的是降水的现象。春天降雨比较多，春雨绵绵，立春后就有了雨水、谷雨这样的降雨节气；冬天随着气温的下降，雨凝为雪，水结为冰，立冬后有了小雪和大雪的节气。

进入小雪节气，气温持续下降，山上的栎树已经一片枯黄，等到进入大雪，树叶尽落，只留下光秃秃的树枝，让冬日的阳光穿越在枝间。山坡上的芒草早已干枯，白色的花序在风中化

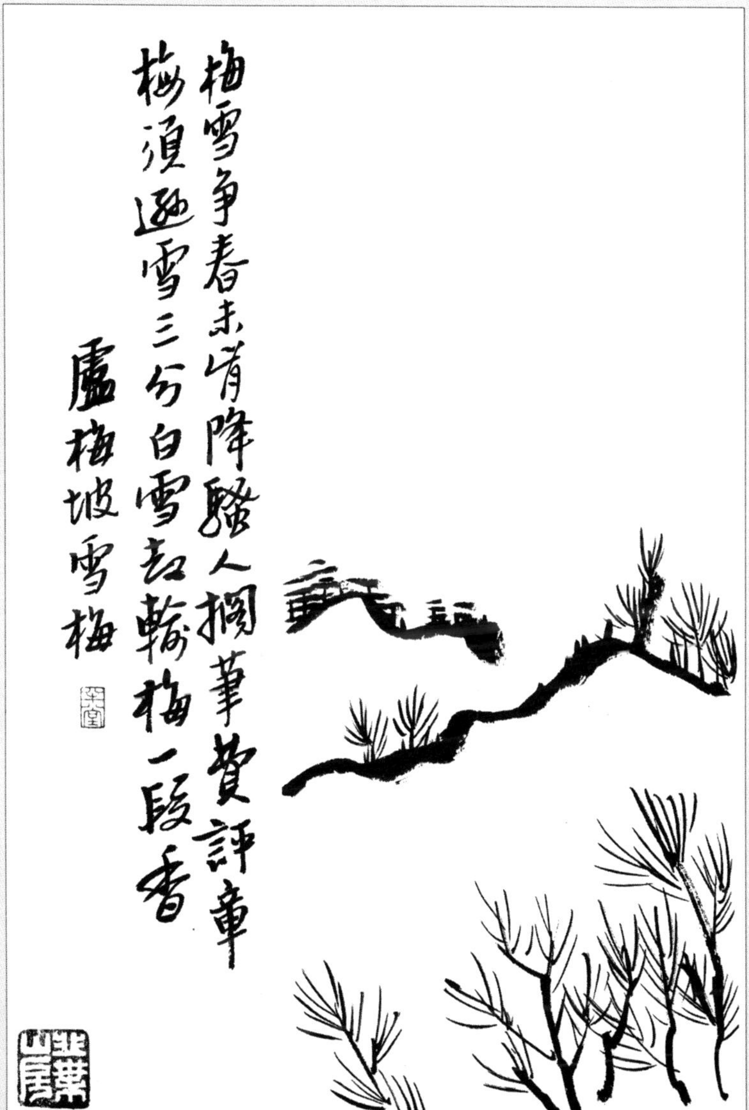

大雪

作小旗挥舞，虽然缺少艳丽的色彩，却充满热情。斑鸠偶尔从草丛中飞出，不知是路人惊动了它，还是它惊吓了路人。路边的苦楝树早已卸光了一身绿叶，只有一串串苦楝子吊在半空中，尽管风不停地摇晃，它却牢牢地抓着树干，其实它是在等待一场大雪的到来，只有雪的力量才能帮它回到大地，找到扎根的土壤和生命的春天。

太阳还在继续远行，到了大雪的节气，刚好到达黄经二百五十五度，寒冷的西北风把大地吹得冰冷，也搜刮着人类身体中不高的热量，我们曾经讨厌夏日的热毒，现在却盼望太阳的温暖。古人把大雪三候描述为：初候“鹖鴠不鸣”，二候“虎始交”，三候“荔挺出”。这些生物在今天已极为罕见，但它们对天地之气的感应极为敏捷。鹖鴠也名寒号虫，学名鼯鼠，到了大雪节气感受到天气的寒冷不再鸣叫了。到了二候，大地上阴气不断积盛，快到盛极而衰的转折点，老虎已经感觉到阳气的萌动，开始有了求偶的行为。“荔挺”是一种兰草，到了三候同样感受到阳气的萌动而抽出新芽。

时至大雪节气，白昼越来越短，夜晚越来越长。稻谷早已收齐，留下一片枯黄的秆，冬种也已经完成，冬小麦正在缓慢地生长。农活已经不多了，忙碌了一年的农民终于闲了下来，户外寒风吹起，手常被冻得麻木，田野中已很少有人在干农活。但在很长一段历史进程中，农闲时的农民是不闲的，江南的农村有冬天积肥的传统，青壮年男人要轮流捻河泥，妇女要调河泥，虽然天气冷，但干活的人却热火朝天。还要挑猪羊灰，在田角上挖一个两米见方的窖头潭，一层猪羊灰一层河泥堆在里面，俗称“搭窖头”，为春耕备足肥料。在冬天还要修水利，历史上开挖人工河和疏浚河道都是在冬天用人力完成的，使用了一年的水渠和田塍有的已经损坏，也要在冬季修复。农民还喜欢把田里的泥挑到竹园里覆盖，经过冬天的冷冻，泥块自然粉碎，铺覆在竹园中，既增加土层，又增添肥力，等到春天，竹笋长得更加粗壮。

“大雪江南见未曾，今年方始是严凝。”这是陆游写雪的诗句。对于雪，不管是诗人还是农民都有情怀，雪是从冬天走向春天的形态。开在冬天的花很少，唯有蜡梅不畏霜雪，于是便有了雪花的出场，雨凝为雪变成六角形的小花，如果用放大镜观看，雪花结构精美，就像是六片花瓣组成的花朵，大自然就是这样神奇，不用模具竟然造出如此完美的雪花。当雪花从天空飘然而至时，大地银装素裹、粉妆玉砌，自然的神力用纯洁的理想掩埋了庸俗的现实，正如高骈在诗中所言：“六出飞花入户时，坐看青竹变琼枝。如今好上高楼望，盖尽人间恶路歧。”对于农民来说，瑞雪预示着来年的丰收，一场冬雪覆盖大地，可以保护作物不因寒流侵袭冻伤，积雪融化时又增加土壤水分含量，为作物春季生长提供水分，雪水中还含有较高的氮化物，具有肥田的作用。农谚说得好：“今冬麦盖三层被，来年枕着馒头睡。”

由雨而露，由露而霜，由霜而雪。作为节气，大雪是时序的更迭，作为天气，大雪是冬天的仪式，既然到了大雪的节气，人们已在等待一场大雪的到来。

2019 年 12 月 5 日

冬至阳生春又来

“天时人事日相催，冬至阳生春又来。”冬至就是江南的冬天，太阳已到了南半球的最南端，过了这一天太阳开始向北半球回归，阴极而阳始至，虽然还要经历数九寒天，但春天已在萌动。

《月令七十二候集解》曰：“冬至，十一月中。终藏之气，至此而极也。”冬至作为节气在农历十一月的中旬到来，这时的阴寒之气达到了极点。清陈希龄《恪遵宪度》说：“日南至，日短之至，日影长至，故曰冬至。‘至’者，极也。”到了冬至这一天，北半球的白天已经是最短了，民间常说：“日短短到冬至，日长长到夏至。”冬至日正午太阳的投影是最长的，换句话说就是此时高大物体的遮阴最厉害，如果买房子看日照的时间，就是以冬至这一天超过一个小时才算标准，否则在最渴望阳光的冬天却晒不到太阳，让人更加感到阴冷。过了冬至，进入白天延长的模式，这就是“吃了冬至面，每天长一线”的来历，日长在夏至到达极致。

冬至

冬至是冬季的第四个节气，由于中国的地域广大，相同的节气在南北有巨大的差异，北方早已进入冬天，江南立冬并非入冬，从立冬到大雪的三个节气更像是秋天。在立冬之初，江南俨然是小阳春的景象，梨树、海棠竞相开花，树叶呈现出不同的色彩，不是春色却胜似春色。接下来气温逐步下降，才有木落叶黄，让人感到秋高气爽。到了冬至，不光是太阳下山早，而且冷空气频繁南下，大幅度降温后开始天寒地冻。对于江南来说，冬至才真正进入了冬天，开始出现零下的气温和冰冻的现象。古人对冬至的三候描述为：初候“蚯蚓结”，二候“麋角解”，三候“水泉动”。传说蚯蚓是阴屈阳伸的生物，此时阳气虽已生长，但阴气仍然十分强盛，土中的蚯蚓仍然蜷缩着身体。麋属阴，泽兽，感阳气而在冬至解角。地表的水因寒冷而结冰，山中的泉水却保持一定的温度而可以流动，有的还冒出温热的水汽。过了冬至虽然白天开始延长，但此时仍然是昼短夜长，而且真正的寒冷才开始，所以民间有谚语说“冬至一过，只吃勿做”，也就是数九歌所说的“一九二九不出手”。

冬至是个节气，也是个传统节日。作为节气，早在两千五百多年前的春秋时代，我国已经用土圭观测太阳测定冬至，它是二十四节气中被最早测定的节气之一。古人对冬至非常重视，冬至被当作一个较大节日，曾有“冬至大如年”的说法，上至王公贵族，下至民间百姓，均放假过节。周代以冬至所在的月份为岁首，并在冬至这一日举行国家典礼，上祀天神，下祭人鬼。汉代改用夏历，冬至不在岁首月，但冬至的节庆活动仍然十分隆重，官方延续前朝的祭天典礼，“祀天于南郊，迎长日之至”。普通百姓则是进行“贺冬”活动，归家团聚，祭祀祖先，欢畅宴饮，亲朋相贺，互赠节物，甚至在冬至前一夜如过年守岁一般地“守冬”。

现在虽然不像过节一样过冬至，但依然保留了许多习俗。冬至夜吃赤豆糯米饭就是自幼至今每年经历的习俗，每年母亲都要种赤豆，目的就是在冬至烧赤豆糯米饭。前些日子回家看望父母，母亲特地拿出两瓶赤豆给我，还特地嘱咐在冬至不要忘记烧赤豆糯米饭。曾经很疑惑烧糯米饭为什么要放赤豆，查阅《本草纲目》才知道，“本草”称赤豆为赤小豆，李时珍说：“其性下行，通乎小肠，能入阴分，治有形之病。”糯米性黏滞，难以消化，赤豆与糯米煮在一起，有助于消化。在冬至吃赤豆糯米饭更有一段传说：相传有一位叫共工氏的人，生了个儿子，儿子作恶多端，在冬至这一天终于死了，死后却变成疫鬼继续残害百姓。但这个疫鬼最怕赤豆，于是，人们就在冬至这一天煮吃赤豆饭，用以驱避疫鬼、防灾祛病。民间崇尚冬至进补，而进的大多是食补，赤豆糯米饭就是其中之一，因糯米性温味甘，能温暖脾胃、补益中气。除此还有炖老母鸡、嵌宝肚子、核桃仁炖鸡蛋、桂圆煮鸡蛋等等。冬至在民间更有特殊的地位，这一天在民间要祭祖，过去还要在祖坟上培土，把流失的泥土重新补上，现在遇到征迁，迁坟总要等到冬至这一天。

从冬至开始，民间就要开始数九了，以九天为一个时间单位，历经九九八十一天。江南最冷的时间在三九、四九之时，称作“三九四九冰上走”，到了四九已经立春，接下来气温开始上升，“五九六九沿河看柳，七九河冻开，八九燕子来，九九加一九，耕牛遍地走”。有的地方有“写九”的习惯，在白纸上以双钩描红笔写下“庭前垂柳珍重待春风”九个繁体汉字，这九个字每个皆为九画，正好对应着“数九”时间，等到写完这些字，已经到了三月下旬的春分时节，九尽之时正是桃花盛开之时，春天重回大地。

2019 年 12 月 20 日

梅花先趁小寒开

连续的降温之下，蜡梅已是一树黄叶，但它还是恋着树干，不知是责备冬日的枯燥，还是在掩饰什么。一场冬雨下来，黄叶纷纷坠落，但见花蕾含苞欲放，虽是最冷的季节，却是蜡梅花的选择。

《月令七十二候集解》曰："小寒，十二月节。月初寒尚小，故云。月半则大矣。"小寒节气在农历的十二月份，离春节已不远，冬至以后天气已经很冷，人们习惯开始数九，数到小寒是"三九四九冰上走"，河面都已经结冰了，天会不冷吗？俗话说"冷在三九"，其严寒程度可想而知。但有的年份到了大寒更冷，所以说小寒尚小，但不管怎样，在江南是"小寒大寒、冷成冰团"。

冰冷的天气，农民已从田间回到室内，时间抵近年底，可以准备过年了。这正是江南打年糕的时节，村庄里开始忙于浸米、磨粉、打年糕。几户家庭结为一组，抬来石臼，摆好桌子，蒸熟的米粉倒在石臼中，男人们扛起榔头不停地捶打，妇女们围在桌边做年糕，有的年份刚好赶上下雪，户外一片冰雪世界，室内却是热火朝天，这是预热的年气。此时要数儿童最开心了，这么热闹的场面，一定要去轧闹猛，手里抓着大人们给的年糕头，在桌子边钻来钻去，常常吃得肚子发胀。

从前没有空调，江南冬天阴冷，儿童更喜欢抱着脚炉取暖，顺便掏出豆子和米粟煨在炉子里，一会儿便响起毕剥之声，米粟和豆子接连爆开，一边吃着土制的零食，一边享受着童年的快乐。冬天烧火是一种福利，外面寒风呼号，灶膛里的火苗发出轻微而欢快的脆响，火光把人的脸映红，把身体裹暖。烧火的人不会忘记顺便烤一个红薯，饭烧熟之时，烤熟的红薯刚好从红红的灰烬里掏出，扒去烤焦的皮，弥漫出温暖的甘甜。

到了最冷的季节，也就意味着否极泰来，太阳从冬至这一刻起已经向北半球行来，人类还躲在空调室里抵御寒冷，飞鸟却已从寒意里隐约听见消息。小寒三候全部关乎飞禽：初候“雁北乡”，二候“鹊始巢”，三候“雉雊”。晋人干宝说：“一岁之气，雁凡四候。如十二月‘雁北乡’者，乃大雁，雁之父母也。正月‘候雁北’者，乃小雁，雁之子也。”从冬至开始，小寒是第二个属阳的节气，大雁已觉得南方太热，开始北上了。到了二候，喜鹊已经开始筑巢，准备繁殖后代了。到了三候，雉鸡感到阳气的萌动开始鸣叫，每天早晨人还睡在床上就听到远处传来“咕——咕——”的鸣叫声。雉鸡就是俗称的野鸡，它已经在为春天的繁衍做准备了。

其实不只是飞禽，许多植物都在为春天的到来做好准备。墙边的迎春花，虽然只有一串光秃秃的枝条，但花苞早已长成，正在等待春天到来的那一刻。旁边的打结花，也在不知不觉中

小寒

长出莲蓬一样的花蕾，初看以为就是花朵，其实还在等待春天。园子里的蜡梅让人肃然起敬，蜡黄的花朵透出阵阵幽香，真可谓“枝横碧玉天然瘦，蕾破黄金分外香”。这株蜡梅黄瓣黄心，蜡质清透，香气浓郁，每天走进园子都要吸上几口香气。蜡梅，《本草纲目》释名黄梅花，因其与梅同时，香又相近，色似蜜蜡，故得此名。因在腊月开放，又称腊梅。蜡梅“香中别有韵，清极不知寒”。在百花凋零之季，却犹有花枝俏，即便是一场飘雪从天而降，它仍然是傲霜斗雪，在满眼的雪白中更显醒目。

2020 年 1 月 7 日

大寒节气年意浓

时间已经走到大寒，为二十四节气画出一个句号。“大寒，十二月中。”在江南这是最冷的节气，如诗所云：“旧雪未及消，新雪又拥户。阶前冻银床，檐头冰钟乳。清日无光辉，烈风正号怒。人口各有舌，言语不能吐。”此时的江南，无处不寒，树木缄默，冷风摇曳，滴水成冰，人雪随时都会飘落。冬雪是瑞雪，大地片白，万瓦铺银，在冻死百虫卵巢的同时，也为春粮作物披上一层寒衣。农谚说：“见雪为晴。”雪后的阳光变得雪白耀眼，却有光无力，沥沥的雪水在瓦檐下滴答作响，到了午后却结出长长的冰凌，大寒就是如是表达天气的寒冷。

冷暖转换，时间轮回。到了大寒，气温已经降到最低，在十五天时间里，初候“鸡乳”，二候“征鸟厉疾”，三候“水泽腹坚”。也就是说，大寒节气可以孵小鸡了，而鹰隼之类的征鸟，正处于捕食能力极强的状态之中，在漫天的雪地中，动物只要出来觅食，很难逃过征鸟的眼睛。只是这种猛禽在江南已经难觅踪影了。在一年的最后五天内，不光是泥土冻硬，水塘中的冰也一直冻到中央。大寒时处五九前后，无疑是最冷的时节，但说“五九六九沿河看柳”，此时河边的杨柳却已开始长出细芽，或许花木最能感知时令将要发生的变化。过了大寒就是立春，在最冷之时已感知春天的消息。从大寒到立春，是一个终点向另一个起点转换，寒冷到了极致，冷空气就不再继续积蓄，大寒终将渐行渐远，回暖的脚步却越来越清晰，对于季节来说将是冬去春来。大寒是迎春的季节，作为一年中的最后一个节气，过后就进入新一年的春季，太阳正在回归北半球的路上，气温正在回升的进程中，春花正在等待接龙，大地再一次热情奔放起来。

年味总是在大寒之时慢慢散发，此时的江南虽然天寒地冻，有些年甚至冰天雪地，但有了新年的到来，在寒冬腊月也滋生出年味的温度。俗话说：“小寒大寒，杀猪过年。”在农村，杀年猪是一件重要而荣耀的事情，集体生产时，生产队都有牧场，年底杀两头年猪，家家户户分一块肉，数量不多，但也充满温暖。承包到户后，农民手里有了余粮，每家每户都会养几头猪，其中留一头杀年猪。往年的这个时候，父亲总会打我电话说“家里杀猪了，回来一趟”，然后让我带一腿肉回去。农历十二月，也称腊月，汉朝应劭《风俗通义》载：“腊者，猎也，言田猎取禽兽，以祭祀其祖先。”古人打猎获取禽兽，以祭祀祖宗和神灵，辞旧迎新。江南早已进化为农耕社会，耕种饲畜，不再打猎，但杀了年猪同样要祭祖宗祀神灵，在当地称作相太太、请公公，太太就是祖宗，公公则是土地神，祈求的是来年的风调雨顺。

在腊月还要腌制腊肉，待到春暖花开之时做腌笃鲜。

大 寒

腊月廿三称作“小年夜”，这一天拉开了过年的序幕，赶年集、买年货，忙得不亦乐乎，年味越来越浓，儿童都要添置新衣，成长了一年，小旧的衣服该换新的了，穿着新衣过新年，正是过年的期盼。廿四有送灶神的习俗，当然也有早送迟送的，可谓“廿三送灶，馋比唠唠；廿四送灶，忽迟忽早；廿五送灶，狗屁倒灶”。迎接春节也是除旧迎新，到了廿八、廿九，家里都要开展大扫除，俗称“掸檐尘”。“除尘”也就是“除陈”，把一年的穷运扫除掉。除夕还要贴春联，犹如新桃换旧符。

大寒是春天来临之前的一场考验，浓浓的年味正在驱散着大地上的寒意，苦尽甘来之时，我们已经走在迎接美丽春天的路上。

2020 年 1 月 16 日

第二辑 节日之窗

冬去春来又一年

春节是中国最重要也最盛大的一个传统节日。狭义的春节指的是农历正月初一这一天，广义的春节节俗却从腊月廿三祭灶就已开始，一直延续到正月十五为止。

童年时最盼望过年，这个年指的就是春节，这是从农耕社会发展和流传下来的传统节日。“年”在古代是指谷物生长的周期，《说文·禾部》曰：“年，谷熟也。”夏历以月亮的圆缺周期为月，每月以不见月亮这天为朔，正月朔日的子时称为岁首，即一年的开始，这就是年。年的名称正是从周代使用夏历开始，至西汉时正式固定下来，一直延续至今。正月初一在古时称为“元旦”，现在把公历的 1 月 1 日作为“元旦”，这是辛亥革命胜利之后的事了，同时把农历的正月初一称作春节。

喜欢过年自然是有原因的，过年的气氛从腊月初就已开始，为过年做准备的许多活动不仅让人感到新奇，也让人产生念想。

童年时正处于生产队大集体的年代。生产队有一个畜牧场，临近年底，每年要杀几头猪，每家每户分一块猪肉。吃过中饭，

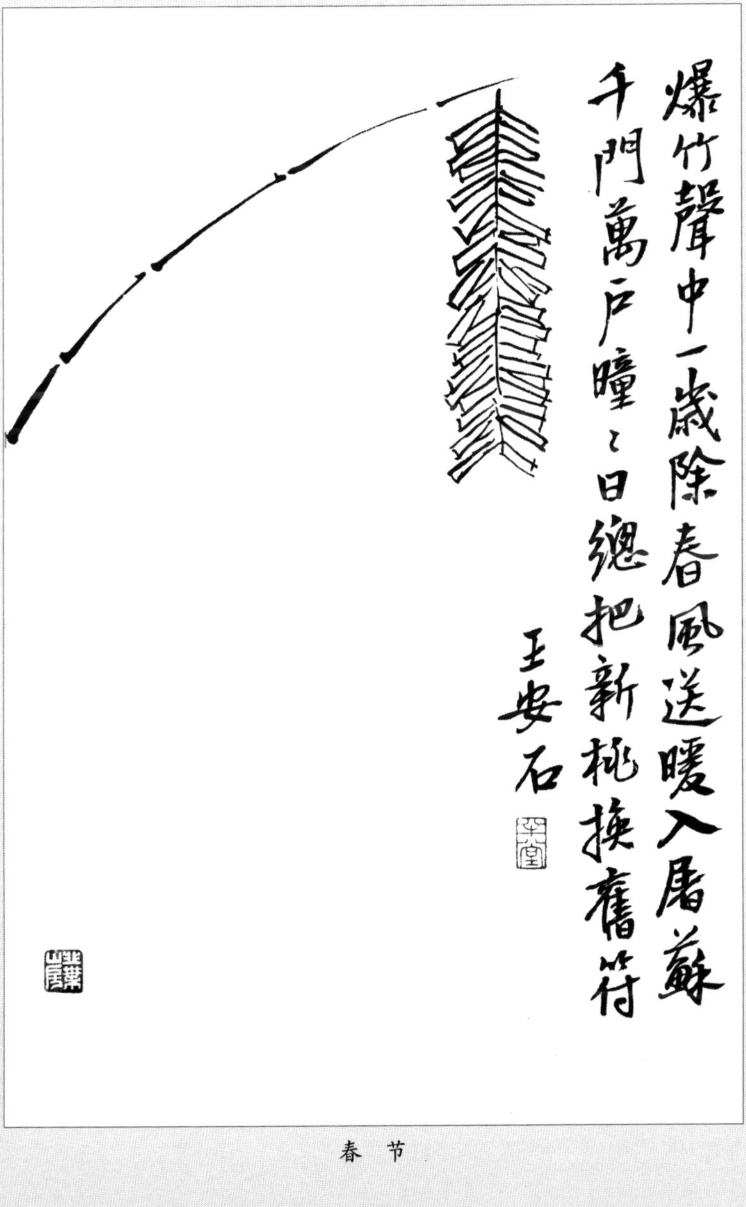

春　节

几名妇女开始烧水，青壮年男人开始杀猪褪毛，小孩则围在边上看热闹。到了傍晚，拎上一块分到的肉回家，心里有说不出的高兴。父母也看出儿女们很想吃肉的样子，毫不犹豫地割了一小块煮起来。过年就意味着有肉吃了，这是一年等一回的好事。等到承包到户后，家里有了余粮，每年养了多头猪，年底也要杀一头年猪，从鲜肉吃到腊肉，这是过年的新变化。生产队里还有一口鱼塘，到了年底还要捕鱼，边上刚好有一个鱼种场，从鱼种场借来一张大拖网，在水塘的一头放下去，然后慢慢地往前拖，受到惊吓的鱼不时跃出水面，岸上的人不时惊呼“有鱼有鱼”，等到起网时还真有不少鲢鱼，接下来同样是分鱼，有鱼过年就意味着年年有余。

打年糕是年前必做的一件大事，冬天刚好时处农闲，腊八一过，村里就开始打年糕了，家家户户淘了米、磨成粉，几户人家联合在一起打年糕。有些年户外大雪飘飘，室内却蒸汽腾腾，老师傅在厨房里蒸粉，男人们举着大榔头轮流捶打蒸熟的米粉，大概这就是打年糕的由来，妇女们则排在桌子边上做年糕。这时的儿童是最高兴了，这么热闹的场面，还有不时传出的欢声笑语，总是让人兴奋不已，在桌边钻来钻去，也要学着做一块小年糕。心灵手巧的人还把年糕做成生肖动物的样子，让人爱不释手。

过年还要提前酿年酒，酿的是农村里家家户户都会做的米酒。酿酒既是一种传统习惯，也是时代特征，过去生活不富裕，很少去商店里买酒，过年了招待客人需要酒，只能自己酿造，现在生活水平高了，家里反而不酿酒了，大家都是到商店里买酒，偶尔喝到米酒感觉十分稀罕。

离年底越近，年味也越浓。农历腊月廿四是送灶日，传说灶神爷要在廿五这天向玉皇大帝汇报主家一年功过，所以廿四夜主家要烧香送灶，实际上是送灶神爷，一家老小朝他跪拜叩头，求他“上天宣好事，下界保平安”。怕他说漏了嘴，还要做送灶团子，加上饴糖供他，以胶其口。送灶的时间其实也有先后，有一种说法是“官三、民四、疍家五”。也就是官家腊月廿三送灶，百姓腊月廿四送灶，渔民腊月廿五送灶。在海盐则另有一种说法：“廿三送灶，馋比唠唠；廿四送灶，忽迟忽早；廿五送灶，狗屁倒灶。”到了正月初一，灶君老爷从天上回来，这时家家户户还要接灶，就像为远方来客或外地归来的亲人接风，将丰盛的酒菜作为供品，让旅途劳顿的灶神享用，还要焚香礼拜，以示恭敬。在送灶之后，还要掸檐尘，在除夕来临之前把家里收拾一新，据说这时的鬼神已归天入地，搞大扫除没有了禁忌。将所有的房间彻底清扫一遍，用干净、整洁、亮堂来迎接新年的到来，这是新面貌，也带来好心情。迎接新年还要贴春联，但最初不叫春联，而是叫门神，到五代时，孟昶看不上桃符板上所写的字，自己书曰“新年纳余庆，嘉节号长春”。这是中国的第一副春联，但春联的普及是明朝以后的事了。

接下来的日子，大家都在为除夕的到来置办年货了，从祭祀用品到鞭炮、春联，从各种食品到油盐酱醋，除夕和新年使用的物品都要采购妥当。除夕是一年的终结，过了这一夜就是春节了。除夕也是传统四大祭祀节日之一，这一夜除了家人要大餐一顿，从下午开始就要开展祭祀活动，感谢土地神一年来的照应，孝敬祖宗对后代的福荫，在海盐称作请公公和拜太太。土地神也叫土地公公，他是基层的神明，在民间信仰中，他保护着乡里的安宁平静，而土地生养万物，长五谷以养育百姓，这正是百姓奉祀土地公公的原因，民间在年三十的下午就要请公公。拜太太就是祭祖先，一般都在傍晚，桌上摆好供品，燃香点烛，主人呼唤众祖灵入席，家人依次斟酒、跪拜三次。仪式完成以后差不多就到吃年夜饭的时间了，家庭举宴，长幼咸集，这是一年中最丰盛的晚餐。

吃过年夜饭，父母要给子女发红包，古称压祟钱，现称压岁钱。“祟”与“岁”同音，传说祟是一种黑身白手的妖怪，专门在年三十的夜里出来害人，它用手在熟睡的孩子头上摸一下，小孩不仅受到惊吓，而且会得病发烧，几天后热退病去，但聪明机灵的孩子却变成了疯疯癫癫的傻子。压岁钱可以压住邪祟，晚辈得到压岁钱就可以平平安安度过一岁。而守岁也是为了防止祟来害孩子，点亮灯火团坐不睡，其实就是“守祟”。但现在守岁已发展成丰富的娱乐活动，从打牌到看春晚，各取所需，点灯熬夜，辞旧迎新。

正月初一才算是春节，除夕夜过了零时，千家万户放起了鞭炮，可谓是爆竹一声除旧岁。新年伊始，男女老少都穿着新衣服，开始走亲戚拜年。平时大家都忙于工作，只有春节全民放假，过去没有电话，无法事先联络，突然上门平时家里不一定有人，也没有准备菜肴招待，春节期间出门走亲戚家里肯定留人，而且过年时采购了大量食品，专门等着亲戚上门。拜年也有约定俗成的规矩，一般是晚辈向长辈拜年，出嫁的女儿带着姑爷及子女在年初一就要回娘家拜年，而最开心的自然是小孩了，长辈都会给红包，临回家之时还会给两个鸡蛋。整个春节期间，新老亲戚相互走访，边吃年酒，边叙亲情。

到了初四，还有一项重要的民俗活动——接财神。传说正月初五是财神的生日，在财神生日到来的前一天晚上，各家置办酒席，为财神贺生辰。各商店正月初四开市，一大早就要燃放爆竹，以迎接财神。在不同的地区，还有更多的年俗活动。在江西婺源的秋口镇长径村，每年春节期间都要表演傩戏。出于好奇，我曾经连续两年前往观看。隆重的仪式，狰狞的面具，古朴粗犷的舞姿，让人大开眼界，不仅是当地村民百看不厌，还吸引了众多游客慕名而来。

春节是一年中最冷的一个节日，许多年份还下起了大雪，银装素裹，天寒地冻，但太阳正在向北半球行进的途中，大地的阳气已在孕育之中。春节到了，不光是开启了新的一年，也是迎接春天到来的最隆重仪式。

2020 年 2 月 5 日

火树银花闹元宵

年味尚未散去，元宵乘兴而来。正月十五是一年中的第一个月圆之夜，正月即元月，宵是夜，从字面理解，元宵大概源于此意。

元宵是中国最隆重的传统节日之一，具有悠久的历史和丰富的节俗。据传，在古时，有一只天鹅降于人间后被猎人射伤，玉帝知道后，准备于正月十五派天兵天将下凡报仇，想把人畜全部烧死。仙人得到消息后，及时向百姓通风报信，告知大家在正月十五前后户户挂红灯、放火花，装出已经起火的样子，这样可以骗过玉帝。还有一种传说是：汉武帝时，有一个名叫元宵的宫女因不能与父母相见，欲投井自尽，后来东方朔想了一个办法，散布消息说火神君奉玉帝旨意要火烧长安。武帝得到消息后向东方朔寻求解救之策，东方朔说火神君爱吃元宵、喜欢挂红灯，并怂恿皇帝在十五之夜全城挂红灯，打开城门让老百姓进城观灯。元宵的父母趁机来到城内观灯，看到写着元宵的红灯时脱口叫了起来，元宵听到叫声果然见到了父母。传

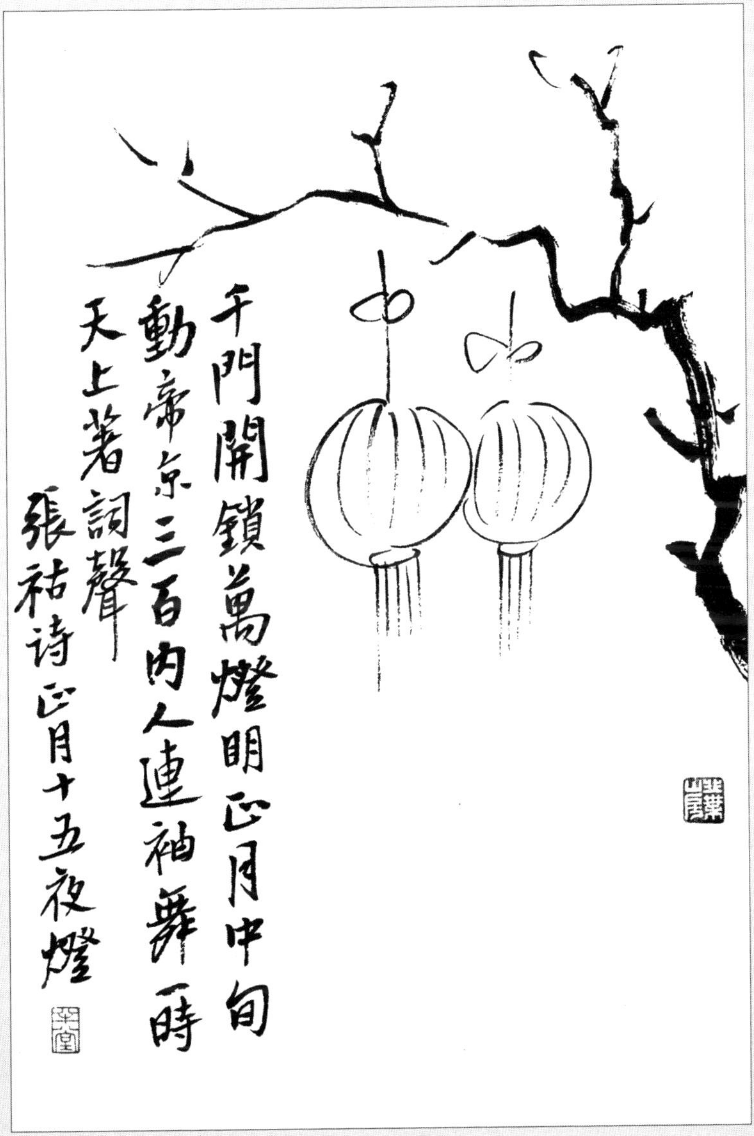

元 宵

说是传统文化的源头，虽然不足为据，但能满足人们的精神需求。不过史书对元宵的来源确有记载：汉文帝为了庆祝戡平诸吕之乱，特定正月十五为元宵。每逢此日，家家户户不仅要吃汤圆、燃烟花，夜间还要悬灯笼、逛灯会、猜灯谜，普天同庆，共度佳节。到了唐代，赏灯活动更加兴盛，从皇宫到长安街上，处处挂灯，甚至还要建灯楼和灯树。唐朝诗人卢照邻把正月十五夜观灯描写为“接汉疑星落，依楼似月悬”。这是一种何等壮观的场面，灯光和烟火与天河相连接，好像星星坠落下来似的，高挂的灯靠着高楼，好似月亮悬挂在空中，满城都是灯光和烟火，真是盛况空前、热闹非凡的一宵。

正月十五闹元宵，最大特点就是“闹”。“闹”可以用作动词，也可以用作形容词。“闹”是一种动作很大的场面，闹元宵就是指这个节日气氛十分热烈，这样的气氛，自然让人感受到热闹和好玩。“闹”作为形容词，本义就是指嘈杂喧嚣的场景。正月十五的夜晚，天上明月高悬，街上彩灯披挂，儿童还要手提彩灯，灯火灿烂，人影穿梭，人们不仅享受着这样的夜景，而且要等待着更大的奇观。

在农村，没有张灯结彩，也没有舞狮子、舞龙灯、踩高跷、划旱船这样的热闹活动，只有清晨睡梦中听到突然响起的鞭炮声，似乎在提醒人们春节已经过完了。在农村有个习惯，一出正月半，就要开始准备春耕生产了，这时城里的人早已上班。或许正因此，直到参加工作以后，才知道城里的元宵节很是热闹，特别是海宁的硖石镇，在元宵节晚上还有灯会。工作的地方离硖石很近，单位还配了自行车，吃过晚饭便骑上自行车去硖石观灯。街道上挂满了各式彩灯，行人熙熙攘攘，让人感受到浓烈的节日气氛。街边叫卖声四起，小商小贩正在卖彩灯和小吃，走在街上早已让人感到元宵之闹。当地的居民正在数着时间，等待着巡街的花灯过来，远处的锣鼓声隐隐约约，不见灯影，已闻其声。从来没有亲历过这种场面，让人充满好奇和猜测。不一会儿，巡街的队伍自北向南徐徐行进，前面开路的是彩车，站在车上的人身穿彩衣、手拿彩灯，还不时做出各种动作，后面跟着旱船、彩马和提灯的行人。灯的样子各式各样，有宫灯、兽头灯、走马灯、花卉灯、鸟禽灯等等，而最出名的是菊花灯。长长的一队人马，满街的人，用最简单的词来表达就是热闹，大概这就是闹元宵的仪式。后来看到各个集镇在元宵节都有一定的活动，有的村里还建了舞狮队或舞龙队，在节日的时候总会出来舞弄一番，这又是另一种闹法。猜灯谜则是更加普遍的活动，就连自己居住的小区，每年都有元宵节猜灯谜活动，猜中了还有奖，吸引了男女老少赶热闹。

元宵是个节，元宵也是一种食品，但江南更习惯称作汤团或者汤圆。团和圆都含团圆的意思，吃汤团就是象征家人团聚。以前没有冰箱，卖汤团的商家也只能现做现卖，在农村吃汤团只能自己亲手做。做汤团用的是水磨粉，先把糯米在水中浸一天，再带水磨粉，这样磨出来的米粉超级细腻。吃汤团是元宵节的习俗，其实平时也吃。磨粉需要有磨盘，磨盘不是每户人家都有，平时就会多磨一点粉，晒干后储存起来，需要用时也方便。但有的家庭还是没有水磨粉，只能用一般的米粉代替，米粉做出来的不能算作汤团，只能叫圆子，虽然形状一样，但吃起来完全不一样，汤团口感很细腻滑爽，圆子粗糙黏牙。现在商场里都有冷冻汤团出售，只要买回家煮一下就可以了，真是十分方便。

闹过了元宵，吃过了汤团，春节的气氛也慢慢地稀淡下来了，只有春天的脚步正在一路走来。一年之计在于春，该安排新一年的生计了，同时也等待一年的收获。

2020 年 2 月 10 日

清明风至去踏青

春分后十五日，斗指乙，则清明风至。清明是我国的传统节日，也是最重要的祭祀节日。

清明节的由来很早，大约始于周代，距今已有两千五百多年历史。作为一个传统祭祀节日，形式却与众不同，在民间称作“上坟”或者“扫墓”，由此而知，这项习俗一定是在墓地里开展的。在丧葬制度中，人类大多采用土葬的形式，筑墓立碑，对祖宗表达“慎终追远”之意。正因有了墓，也就产生了在墓地里祭祀这种形式，祭祀的对象自然是自己的祖宗。墓地大多在野外或者山坡上，经过春夏秋冬的轮回，泥土遭受风雨的冲刷，杂草长满坟头，到了清明之时，枯草尚未腐烂，春草已经生长，完全是一种芜杂的状态。所谓扫墓就是要清除这些杂草，还要培添新土、整修坟墓。所谓上坟就是开展祭祀活动，在墓前摆放鱼、肉、豆腐、青团、粽子、水果、糖果等祭品，然后点燃蜡烛，洒酒祭奠，烧挂纸钱。在唯心意识中，认为人死了灵魂还在，只是生活在另外一个世界，但同样需要享用活着时的生活用品，还需要花钱，如果子孙不及时给他们烧纸钱，在阴间会受穷，甚至受到欺负。在祭扫时还要行叩头祭拜之礼，并把家里的生活状况告诉祖宗，让祖宗保佑后代兴旺发达。清明扫墓是人类祖先信仰的一种表达形式，也是孝道文化的一种传承。

清明节也称“踏青节”。从节气来看，到了清明气温已经升高，正是春光明媚、草木吐绿的时节，也是春游的好时光。古人把春游叫作踏青，也叫探春、寻春，一般指初春时到郊外散步游玩，除此还开展一系列体育活动，并且一直流传至今。清明节在历史上就有放假的习惯，唐玄宗时规定在清明节前后放假四天，后来又延长到七天。到了宋代，清明节融汇了寒食节与扫墓活动，放假七天，清明节扫墓也变成一项全民活动。清明节前后，前往郊外扫墓的人络绎不绝，除了扫墓，更多是将清明节当作郊游的日子。2007 年 12 月 7 日，国务院做出决定，清明放假一天；2008 年，清明节正式成为法定节假日。

清明节在古代还有荡秋千、蹴鞠、打马球、放风筝等众多活动，随着时代的发展，清明的习俗也发生了变化，秋千变成了一种游乐设施，放风筝成为儿童的娱乐活动。童年时代最喜欢在清明前后放风筝，但那时没地方买风筝，风筝必须自己做。好在父亲会做，从竹园里砍了竹子，做好风筝的骨架，再找出孵蚕用的棉纸粘贴好，还要装上两条尾巴，然后系上田丝绳，在田野里尽情地放风筝。农田中种植了大片花草，满目都是青绿，这时放风筝真的是在踏青。村里的儿童在父母的陪同下，纷纷来到田头放风筝，抬着头，牵着线，一脸兴奋的样子。天上的风筝飞来飞去，一不小心两只风筝绞到了一起，地上的人

娟娟花木向春榮，婉婉黃鸝隔葉聲。
冷淡一官衹自笑，五更騎馬看清明。

彭汝礪《清明早出城東齋》

清明

手忙脚乱。其实成年人也喜欢放风筝，做一只又大又长的风筝，让风筝在高高的天空中飞舞，让人既惊奇又羡慕。一不小心风筝断了线，只能无奈地看着它向远方飞去。在农村没有更多的娱乐活动，放风筝成了清明节最好的活动。

在清明节最盼望的是裹粽子和做青团子。在传统节俗中，一般认为端午节才会裹粽子，其实海盐人在清明节也裹粽子，端午节则流行吃五黄。或许这种节俗与寒食节有关，粽子比较耐储存，即使不放在冰箱中，几天也不会变质，冷粽子还可以直接食用，刚好迎合寒食节禁火的习俗。做青团子或许就是清明节的一种象征，这个时节地里的艾草和小蓟长势茂盛，而且还很嫩，刚好可以派上用场，做青团子常规的就是用这两种草的汁水着色。清明之前总是看到许多人在野外挑艾草，这是在为做青团子做准备，但采到的不一定是艾草，可能是同科的青蒿。小蓟的叶子边缘长满小刺，平时人们并不喜欢它，只有在做青团子时才需要它。当然还有别的草可做青团子，记得鲁迅曾经写过，鼠曲草也是做青团子的一种食材。艾草或小蓟必须在石灰水中焯一下，然后榨出汁水拌入米粉，这样做出的团子，蒸熟后油绿如玉、糯韧绵软、清香扑鼻、肥而不腴。考究一点的，团子里还要放馅心，大多选用豆沙馅，有时还会做成咸菜馅，一甜一咸，风味不同，各有所爱。当然，粽子和青团子还是上坟祭祖的必备食品，清明节的前一天，家家户户就都已开始忙碌了。

2020 年 4 月 6 日

门悬艾蒲祈端午

“手执艾旗招百福，门悬蒲剑斩千邪。”以最朴素的仪式，迎接端午节的到来。

端午节与春节、清明节、中秋节并称为中国民间四大传统节日，历史悠久，至今已有两千多年的历史，在 2009 年，还被联合国教科文组织列为世界非物质文化遗产，可见其影响力之大。端午节也是别称最多的一个节日，据统计有二十多个，如龙舟节、重午节、端阳节、端五节、重五节、菖蒲节、浴兰节、粽子节等等。不同的名称自然有不同的内涵，隐含的是端午节文化的丰富多样性。端，在古汉语中就是初始的意思，“端五”也就是“初五”，但这种命名方式只出现在五月份，这又是端午节的独特性。

端午作为节日，早在西晋周处的《风土记》中就已出现，但其来源却说法不一。最流行的说法是为了纪念屈原。屈原是楚国大夫，也是爱国诗人。故事发生在公元前 278 年，当年他听到秦军攻破楚国都城的消息后，悲愤交加，心如刀割，在写下最后的诗篇《怀沙》后，于农历五月初五这天抱石投入现今位于湖南省的汨罗江，以身殉国。沿江百姓知道后，为了防止鱼虾蚕食屈原的身体，纷纷将粽子投入江中，并引舟竞渡开展打捞，由此就引出了端午节裹粽子、赛龙舟的习俗，或者干脆称作龙舟节、粽子节。在江南却有另外一个说法：端午是为了纪念涛神伍子胥。伍子胥是楚国人，父兄均为楚王所杀，后来子胥弃暗投明奔向吴国，助吴伐楚，五战而入楚都郢城，报了杀父兄之仇。吴王阖闾死后，其子夫差继位，吴军攻越百战百胜，越国大败，越王勾践请和，夫差答应了。子胥建议，应彻底消灭越国，但夫差不听。吴国大宰受越国贿赂并谗言陷害子胥，夫差听信谗言，赐死伍子胥，赠剑令他自尽。在死前伍子胥对邻居说："我死后，将我眼睛挖出悬挂在吴京之东门上，以看越国军队入城灭吴。"夫差闻言大怒，令取子胥之尸体装在皮革里于五月初五投入钱塘江，吴人哀怜他，为其在江上立祠，命名为胥山。这就是江浙地区端午节纪念伍子胥的由来。海盐曾建有尚胥桥和尚胥庙，至今还有尚胥庙古戏台遗存。而这件事发生在伍子胥死了（前 484）之后，比纪念屈原之说早了近二百年，但屈原的影响力显然要大得多，或许他作为著名诗人更加出名，他是"楚辞"的创始人，留下的著名诗篇《离骚》《天问》《九歌》可谓家喻户晓。而中国传统文化有很大一部分是由传说和故事组成的，就如《三国演义》，虽然说的是三国的事，但仅是三国的故事而并非三国的正史。关于端午的来源，无论是纪念屈原还是纪念伍子胥，其故事类型其实是相似的，所表达的意义也是相同的，目的都是表达忠孝的思想。

与端午相关的还有孝女曹娥投江救父的故事。曹娥是东汉

艾葉雙人巧菖花九節榮玉皇膺曼壽金母共長生

周必大端午帖子
太上皇后閤

端午

上虞人，父亲溺于江中，数日不见尸体，当时孝女曹娥年仅十四岁，昼夜沿江号哭。过了十七天，在农历五月初投江，五日后抱出父尸，就此传为神话。这个故事发生在东汉时期，比之前的两个说法晚了数百年。考古研究发现，在新石器时代，长江中下游广大地区有一种以几何印纹陶为特征的文化遗存，这是百越族崇拜龙形成的图腾。他们生活于水乡，自比是龙的子孙，作为生活用品的坛坛罐罐具有印纹陶鼎的特有特征，也是他们的族群标志之一，端午节就是他们所创立的用于祭祖的节日。在以后的历史发展中，大部分百越人已经融合到汉族中去了，其余部分演变为南方一些少数民族，由此，端午节也演变成了中华民族的传统节日。

社会在发展，历史在演进，端午节延续到现代已发生了重要的变化，更多的表现形式是娱乐、美食与卫生。在水乡地区，端午节都有赛龙舟的习俗，名义上是纪念屈原，实际上是一年一度的竞技娱乐活动。端午裹粽子，目的不是投江喂鱼虾，而是制作传统美食，而嘉兴的粽子更是闻名全国。在门框上挂艾草和菖蒲，在习俗之中包含了卫生防疫的意义，而且具有更高的参与度和影响力。每到端午节，总是看到农贸市场有商贩在出售艾草和菖蒲，两三元钱一把，价格便宜，从市场出来的人几乎是人手一把，真是应验了“手执艾旗招百福”这句话。古诗称赞艾草：“端午时节草萋萋，野艾茸茸淡着衣。无意争颜呈媚态，芳名自有庶民知。”艾草芳香且有驱虫的作用，百姓喜欢在端午节将之与菖蒲一起挂在门框上。菖蒲的叶似剑，在传说中具有斩妖除魔的寓意，这便应了“门悬蒲剑斩千邪”的说法。

端午时节，正值盛夏，此时各种毒虫滋生，古人将五月称作“毒月”，在此时设立一个祛邪禳灾、驱虫防疫的节日，具有普及卫生防疫知识的积极意义。艾草是国人较早认知的“本草”之一，汉代的《名医别录》中就有艾草的药用记载。艾叶气味芳香，具有温经、去湿、止血、驱虫等作用。古人在祭祀时常以点燃艾草的形式与神灵沟通，农村则在夏天以点燃艾草的形式驱赶蚊虫。菖蒲作为“本草”则更早，在《神农本草经》中就有收录。菖蒲也称菖阳，与端阳只是一字之差，能够入选端午驱邪之物实在情理之中，正是这个“阳”字，能够驱散一切阴寒之气，而叶似剑形，难怪古代方士称其为水剑。

五月作为“毒月”，当然还要驱“五毒”。所谓“五毒”就是蝎、蛇、蜈蚣、壁虎、蟾蜍等五种动物。五月正是“五毒”出没之时，于是古人又发明了吃“五黄”的形式。这“五黄”就是黄瓜、黄泥蛋、黄鳝、黄鱼和雄黄酒。“五黄”驱“五毒”自然是一种牵强附会，但除了酒，其他四种食品却是当季时鲜。到了这个季节，地里的黄瓜早已长大，味道爽脆，无论是凉拌还是炒食都很美味；春天的鸭蛋已经腌好，咸淡适中，正好食用；田里的黄鳝正是最多的时候，野生黄鳝汤，几乎是极品农家菜；黄鱼回到近海，也是最多的渔获季节，只是现在几近绝迹；但雄黄有毒，一般以黄酒代替。中国人过节自然离不开吃，有人认为总是谈吃有点俗气，其实不然，孔子尚且说“食、色，性也”，吃就是黎民百姓的大事，能吃出故事来的就是文化。

端午还有一个别称叫浴兰节。仲夏之季，草木药性在一年里的这一天最强，在衢州一带还把五月初五作为药王神农的生日。端午采药成为一种习俗，此时以草药煮水沐浴防治皮肤病也最为灵验、有效。汉代《大戴礼记》云：“午日以兰汤沐浴。”童年时代，父母常在端午节用草药、蟾蜍煲水为我沐浴，过了这一天才允许下河游泳或者洗澡。

“重五山村好，榴花忽已繁。”正值仲夏之季，无论是门悬艾蒲，还是兰汤沐浴，祈祷的都是这一年的平安。

2020 年 6 月 30 日

七月七日的相思

“七月七日长生殿，夜半无人私语时。”这是一个定格镜头，天宝十五载（756）六月，安禄山造反攻破潼关，长安岌岌可危。初七的夜晚，在长生殿再也没有往日的歌舞喧闹，只有唐明皇与杨贵妃的戚戚私语，或许唐明皇已经感受到生死离别的气息，只能在心中祈祷：“在天愿作比翼鸟，在地愿为连理枝。”果不其然，当唐玄宗带着贵妃姐妹、皇子、皇孙、公主、妃子、杨国忠及近侍逃到马嵬坡后，六军将士发动兵变杀死杨国忠，高力士等人缢杀杨贵妃，唐明皇对杨贵妃宠爱十年，至此全部灰飞烟灭。农历的七月初七就是中国的七夕节，七夕代表的是时间，也就是初七的晚上，或许白居易在《长恨歌》中有意把时间定格在这一天，用一段历史故事凸显七夕的相思。

七夕节，月逢七、日逢七，这是古人对数字和时间的崇拜，相似的还有正月正、二月二、三月三、五月五、六月六、九月九等重日，重日在中国古代被认为是“天地交感”“天人相通”的日子，七个重日都是吉庆日。七夕节还有七巧节和情人节之称。

七巧节也称乞巧节，乞就是乞求，巧乃心灵手巧，这与少女有关，也与爱情有关。乞巧就是少女们向织女乞求智巧。有民谚说：“乞手巧，乞貌巧；乞心通，乞颜容；乞我爹娘千百岁，乞我姊妹千万年。”这就是少女们的心头愿望。传说中的织女是天帝的第七个女儿，人间称其七姐，她有一双能织云霞的巧手，也称织女，在天庭专管织造。民间的少女们很崇拜她，七夕的夜晚通过乞求，能够得到灵气。民间相传在初七的夜晚，是天上织女牛郎鹊桥相会之时。织女是一个美丽聪明、心灵手巧的仙女，女孩们要对着天空的朗朗明月，摆上时令瓜果，朝天拜祭，乞求天上的女神能赋予自己聪慧的心灵和灵巧的双手，让自己的针织女红技法娴熟。还要把事先准备好的五彩丝线和七根银针拿出来，对月穿针，谁先把七根针穿完，就预示着将来她能成为巧手女。古代妇女承担着纺纱织布和缝衣的重任，从少女时代开始就要学习女红，能够习得一手好的针线活是很重要的资本，不仅有资格求到好的姻缘，而且嫁到婆家后也受人尊敬，这或多或少与爱情和婚姻有关。其实七巧不是个虚数，在民间是指穿针引线、蒸巧馍馍、烙巧果子、生巧芽、面塑、剪纸、彩绣等七种技能，这些都是日常生活中的重要技能，是一个家庭主妇需要学会的本领。

七夕作为情人节由来已久，名称很直白，肯定与爱情有关。牛郎织女是在民间广为流传的故事，说的就是牛郎与织女之间的爱情之事。在童年时，每到夏天就无数次地听村里的成年人讲这个故事。夏天的夜晚，村民喜欢手执一把蒲扇在晒场上纳凉。儿童们总是跑来跑去，一会儿在草丛中捉萤火虫，一会儿在灌木中捉纺织娘，跑累了，跑热了，回到大人们的身边，坐

七　夕

下来听故事。此时的天空中星星闪闪发光，夜空似乎更加明亮，其中有一条白色亮带，从东北向南横跨天空，宛如奔腾的急流一泻千里，这就是银河，但村里人称之为天河。看着这条天河，村里的年长者便开始讲述牛郎织女的故事。在天河的东边有一颗织女星，传说是织女的化身。织女是天帝的女儿，擅长织布，人间称她为织女。在天河的西边有一颗牛郎星，相传是牛郎的化身。牛郎是个孤儿，靠一头老牛耕种为生。这头老牛很通灵性，有一天，织女和诸仙女下凡在河里洗澡，老牛就劝牛郎去相见，并且告诉他，如果天亮之前仙女们回不去就只能留在凡间了。牛郎在河边果然看见了七个仙女，其中最小的仙女最漂亮，他悄悄地拿走了小仙女的衣服。仙女们洗好澡准备返回天庭，小仙女却发现衣服不见了，只能留了下来。牛郎成功地制造了与小仙女织女的邂逅，而且很谈得来，织女便做了牛郎的妻子。婚后，男耕女织，生了一儿一女，生活十分美满幸福。后来天帝发现织女不见了，命令王母娘娘调查此事，并把织女押回天庭受审。好端端的一对夫妻将被拆散，老牛急中生智，触断头上的角，变成一只小船，让牛郎挑着儿女乘船追赶。眼看就要追上织女了，王母娘娘忽然拔下头上的金钗，在天空画出了一条波涛滚滚的银河。牛郎无法过河，只能在河边与织女遥望对泣。牛郎与织女的爱情感动了喜鹊，无数喜鹊飞来，用身体搭成一道跨越天河的彩桥，让牛郎织女在天河上相会，这就是鹊桥相会。天帝无法阻止他们的爱情，后来就允许牛郎织女每年七月初七在鹊桥上会面一次。传说虽然是虚构的故事，但包含的寓意是美好的爱情，把七夕作为情人节，追求的正是男女爱情。

牛郎与织女虽然只能每年相会一次，但坚贞的爱情却感动了一代又一代国人，也影响着人们的婚姻观。当代的青年男女很看重这个情人节，借以表达男女相爱，这是历史文化的积极影响，但愿天下有情人都成眷属。

2020 年 8 月 24 日

月到中秋分外明

花好月圆共团圆，月到中秋分外明。

中秋节是历史悠久的传统节日，赏月、吃月饼是这一夜的习俗。童年时代，父亲喝早茶回来，会买一筒月饼，等到晚上才拿出来，大家分着吃。月饼的皮很酥，芝麻馅很甜，后来才知道这叫苏式月饼。当时没有广式月饼，直到改革开放以后，广东的食品大量北上，商店里出现了广式月饼，包装精美，饼馅丰富多样。参加工作以后，中秋节回家总是不忘买上月饼，什么苏式的、广式的都买上，一家人团团圆圆吃月饼。

十五是月圆之夜，中秋的月亮更大更圆。中秋作为一个节日是在唐初确立下来的。古人出于对自然的崇拜，有各种祭祀活动，春分祭日，夏至祭地，秋分祭月，冬至祭天，祭祀的场所分别称作日坛、地坛、月坛、天坛，分设在东南西北四个方向。天地日月就是自然界的一切，不仅对人的生产生活具有重要影响，而且奥妙无穷，祭祀既是祈祷平安，又是祈求力量。祭月就是对月神的崇拜，最早，二十四节气中的秋分就是中秋，

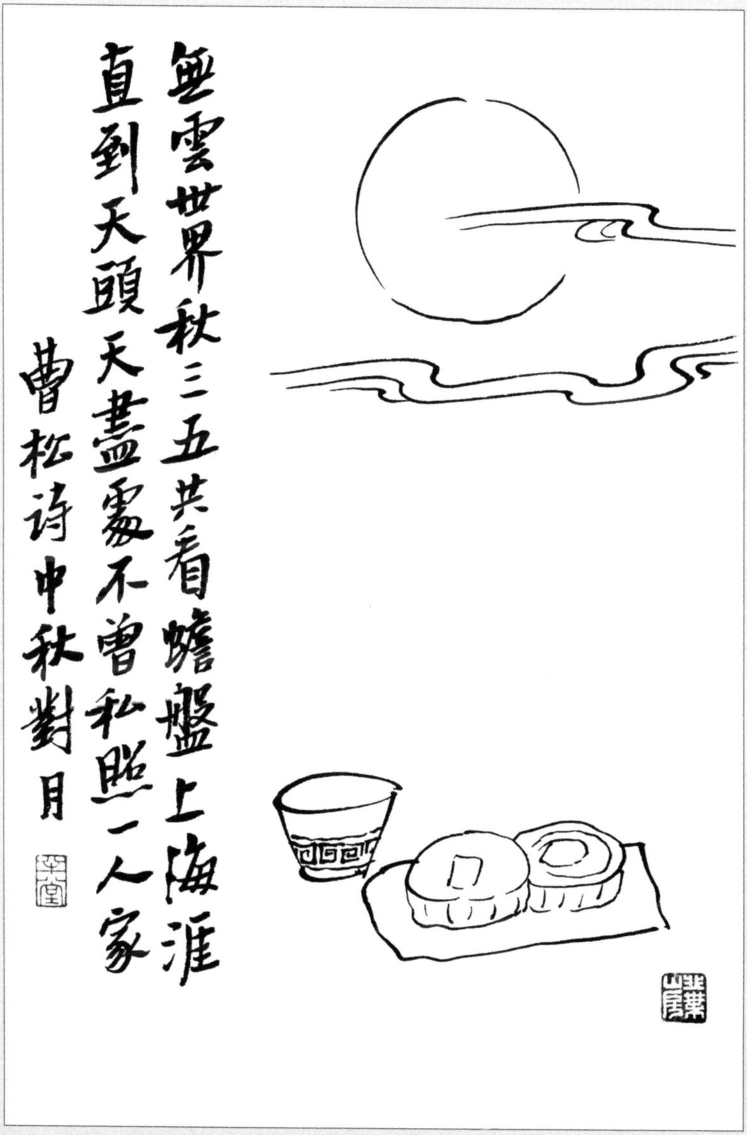

中　秋

后来由于使用了阴历（夏历），秋分在夏历八月里的日子每年都不相同，“祭月节”由干支历二十四节气秋分调至夏历（农历）八月十五。到了北宋，中秋节成为普遍的民俗节日，并正式定阴历八月十五为中秋节，还出现了“小饼如嚼月，中有酥与饴”的节令食品。

中秋节吃月饼相传始于元末。朱元璋反元时，为了传递起义指令，军师刘伯温想出一计策，把藏有“八月十五夜起义”的纸条藏入饼子里面。起义成功后，朱元璋传下口谕，在即将来临的中秋节，让全体将士与民同乐，并将当年起兵时用来秘密传递信息的月饼作为节令糕点赏赐群臣，之后不仅流行中秋吃月饼这一节俗，而且成了团圆的象征。到了明清时，中秋已成为中国民间的主要节日之一。

除了拜祭，还盛行赏月活动。中秋节时，云稀雾少，月光皎洁明亮，许多地方举行赏灯、舞龙等丰富的民俗活动。这一夜，平时深藏不露的闺中女子走出深闺，风流少年更是早有准备，期望在这场民俗活动中觅到自己的意中人。海宁硖石镇在八月半有赏花灯的悠久历史，而且一直流传至今。20 世纪 80 年代初，我曾骑了辆自行车专门从百步赶到硖石观花灯。街道两边挤满看客，在花车的带领下，青年男女身穿彩衣，手持各种形态的彩灯缓缓行进，瓜果形的灯，动物形的灯，不同的形态，不同的色彩，既增强了趣味，也表达了不同的象征寓意。这是第一次在现实生活中赏灯，真是难以想象，人民群众有如此丰富的想象力，中国的传统节日文化是如此丰富多彩。随着时代的发展，现在的灯会已增添了现代科技，并融入了商业味道，由 LED 灯带组成的花灯体量更大、动感更强，声光电效果齐发，让人目不暇接，而赏灯也成了吸引游客的手段。

虽然月月有十五，但中秋的月亮是与众不同的。月亮围绕地球公转的轨道呈椭圆形，在运转过程中，距离地球时远时近，八月十五是月亮距离地球较近的一天，看起来格外大、格外亮。为此历代文人为它取了许多好听的名称。李白说："小时不识月，呼作白玉盘。"陆游则说："玉钩定谁挂，冰轮了无辙。"我有一次突然来了兴致，约了几位朋友在潮音阁赏月，泡上一壶茶，置一盆月饼，坐在阁楼的走廊上守着明月从海面上慢慢升起，让人联想起"春江潮水连海平，海上明月共潮生"这样的诗句，此时此景也让人感受到"皎皎空中孤月轮"这样的心情。初升的月亮不敢发出最大的光亮，但面积最大，不时飘来几片薄云，让月亮时隐时现，大概这就是所谓的"彩云追月"了。月亮越升越高，也越来越亮，光线投射在海面上，"滟滟随波千万里"。

中秋的传统在民间更有许多传说，嫦娥奔月是流传最广的民间故事。传说嫦娥是后羿的妻子，因误吞了仙药而不由自主地向天上飞去，又因牵挂着丈夫，便落在离人间最近的月亮上。吴刚折桂是另外一个传说。从地球望月亮，隐隐约约可以看到一棵树，这就是传说中的桂花树。相传汉朝西河有一个名叫吴刚的人，得道成仙后到了天界，但他又犯了错误，仙人就把他贬谪到月宫，惩处他每天砍树，但这棵桂树随砍随合，永远也不能被砍倒。很巧的是中秋之际桂树正好开花，墙边如果有棵桂树，准是花香四溢。中秋佳节，丹桂飘香，正是人们描写此时此景的内心想法。

其实中秋节在各地还有许多习俗。在海盐流行"担八月半”，节日到来之前，女儿女婿，特别是未婚的女婿，一定要带着鸭子、月饼及其他礼品拜访岳父、岳母，岳家则要设宴招待，其实这既是表达子女对长辈的孝敬，也是亲人团圆的一种形式。

年年有中秋，人人盼团圆。中秋的月光如期洒落大地，照在小河中，恍恍惚惚，照在小桥上，缠缠绵绵，照在树木上，如绰如影。这是一个幽静的夜晚，也是思乡的夜晚，团圆的一家人其乐融融地吃着月饼，远方的游子思绪万千地遥望家乡，“但愿人长久，千里共婵娟”。

2020 年 10 月 2 日

又是一年重阳时

人生易老天难老，又是一年重阳时。天高云淡，秋风送爽，正是一个美好的时节。

九月初九，九九两个阳数相重，称作重阳或者重九。九九归真，一元肇始，这是一个吉祥的日子。重阳节由来已久，最早是一种祭祀“大火”的天象仪式，之后发展为九月丰收祭飨天帝和祭祖活动，同时还出现赏菊、饮酒的习俗，到了唐代被列为国家认定的节日。时至当代，重阳节被赋予了新的含义。1989年，国务院将每年的九月初九定为老人节，将传统与孝道伦理相融合，使传统佳节成为尊老、敬老、爱老、助老的新式节日。这一天从社区到家庭，设宴敬老，饮宴祈寿，形式多样，活动丰富，真是“夕阳无限好，人间重晚晴”的常伦之情。

重阳的习俗，自古至今有拜神祭祖、登高祈福、秋游赏菊、佩插茱萸等形式。祭祀历来是传统节日的重要主题，重阳节便是其中之一，除此还有除夕、清明节和七月半等。祭祀的习俗起源于远古时期，这与古人的认知有关。自然的力量巨大，古人却无法解释，以为鬼神有操纵的力量，于是鬼神也有了权威，能够决定人的命运，不管是祈福还是祛灾，都要敬鬼神，即使到了现代，民间的祭祀活动仍未中断。但重阳节又与众不同，或许因一个“阳”字，增加了温度，平添了喜悦。农历的九月初九，时在仲秋，大多农作物已有收成，这是农耕社会的丰收喜悦，此时的祭祀，更多是对祖先恩德的祭谢，同时也祈求对来年的保佑，充满吉祥的气氛。

重阳节又叫“登高节”，这一天登高具有吉利的意味。俗话说：“人往高处走，水往低处流。”登高是人生走向高处的重要追求，也是人身居高处俯瞰众生的重要体验。人生就如登山，前半生是一路向山顶进发，读书、工作、功名都是上山的台阶，攀上山顶才是人生的目标。登上人生的山顶，终于尝遍了生活的甘苦，磨炼了自己的意志，还没来得及欣赏人生的美景，却已悄悄地下山。就如一个心理学实验所揭示的那样，让一个人在森林中寻找最大的一棵树，总以为前方有更大的，直到走出森林还没有找到。人生就是一列单行的火车，有起点站，也有终点站，中间还有很美的风景，但没有回程。

登山的体验很好，重阳时节清气上扬，浊气下沉，地势越高清气越集聚，这时登高可以畅享清气，老年人可以登山秋游、交流感情和锻炼身体。海盐有一座高阳山，重阳节登高阳山，真是一种巧合。海盐的山从海宁尖山自西向东迤逦而来，其中高阳山是主峰，昔名南阳（山），海拔二百五十一点六米。山如其名，高阳山就是海盐诸山的高峰。在南木山村东首有一条山道，村民经常从这里上山挖笋，我曾经也从这里试登高阳山，但天气太热，走出不远却又放弃。终于等到重阳节，事前做了

重 阳

充分的准备，从白云阁南侧的一条小路蜿蜒上山。小路上杂草丛生，山坡上灌木茂密，在穿过一片竹木后却出现一片茶园，但无人打理，茶树慢条斯理、一片荒芜的样子。昔日采茶、砍柴及捕鸟的人曾经踏出一条小道，现今却已是断断续续、行人罕至。山上的杂草大多开始枯黄，种子已经成熟，正是一个上山采药的好季节，登山便又多出了一层含义。登上山顶，眼界开阔，远景尽收眼底，有高瞻远瞩之悦。向东南方眺望是杭州湾，烟波浩渺，海天一色。向北眺望是南北湖及村落，居高临下，远方就是一幅山水图画。西侧是尖山，两山之间的一条古道隐约可见。古人认为山林川谷丘陵能出云、为风雨、见怪物，皆曰神。登山既是对山神的崇拜，也能打开胸襟，极目远望，微风拂面，给人成功的快慰。天气渐凉，草木始枯，此时登山，还有"辞青"的意思，刚好与阳春三月的"踏青"遥相呼应。但许多地方没有山，于是想出了一个办法，用吃重阳糕来代替，"糕"与"高"同音，吃重阳糕既是喜尝新粮，也含登高的寓意。

九九重阳，天长地久。九是最大的阳数，现在把重阳节作为敬老节，既是对老人健康长寿的美好祝福，也是时代发展赋予的新意。人到老年，阅尽沧桑，犹如长江入海，恬淡浩瀚，境界阔大，又如登高远眺，风软景和煦，异香馥林塘。敬老与登高两个主题看似不同，其实和谐统一，是人对生活的觉悟，也是人对自然的感悟。此时如果一个人留在异乡，可能更多的是思念和遗憾，"遥知兄弟登高处，遍插茱萸少一人"，思念亲人，牵挂亲人，也祝远方的亲人久久平安。

2020 年 10 月 26 日

最是思念在冬至

冬至到了，这是白天最短、思念最长的节日，它是最早被确定的节气之一，也是一个传统节日。

在春秋之时，古人用土圭观测太阳，测出这一天日照最短，确立为最早的节气。从冬至开始，天气也进入了最冷的阶段。从周代开始，冬至成为一个节日，称为业新或者贺岁，盖因当时的历法与现在不同。

周代的正月等于现在的十一月，在冬至贺冬就相当于拜岁了；历史演进到汉武帝时，中国改用了夏历，把冬至和正月分开了，冬至成为一个单独的节日；到了唐、宋时期，民俗气氛更浓，而且相沿至今。汉朝时把冬至作为“冬节”，官府要举行祝贺仪式，称为“贺冬”，还要例行放假。唐、宋时期，冬至是祭天祀祖的日子，皇帝要到郊外举行祭天大典。祭祀是最原始的信仰活动，古人以为，天地间的一切变化全是天神所为，祭天既是为了摆脱天神的惩罚，也是为了祈求生命的平安。皇权天授，天子就是天神的代表，祭天这种隆重的大典，自然要由皇家来承担。而天属阳，地属阴，祭天必在南郊，祭地必在北郊。祖先是人类的根本，百姓在家要向父母尊长祭拜，漂泊在外的游子，要像现在的春节一样回家过节，既是孝道的传承，也让游子在年终有个归宿。

作为节日的冬至是中国四大祭祀节日之一，在民间主要是祭祖，后人为先祖送寒衣，到祖坟上烧衣帽用具和纸钱，还要培上新土或者栽上松柏、香樟等常绿植物。现在征迁和土地整理很频繁，时常会遇到迁坟这种事情，习俗上迁坟就要安排在冬至这一天，这一天在祭祖之后再迁坟，对祖宗是一种敬重。

现代人过冬至节，民间的习俗相当丰富，但南北不一样。北方多数地方冬至有吃饺子的习俗，意为冬至吃了饺子不冻耳朵，在江南则流行吃汤圆，圆有团圆、圆满的寓意。在嘉兴一带则是习惯吃赤豆糯米饭。每到冬至节，家里早就准备了糯米和赤豆，赤豆要提前烧熟，再兑入糯米拌匀，烧一大锅赤豆糯米饭。锅中不时飘出赤豆香味，饭还没煮好就被已吊起了胃口。煮熟的赤豆糯米饭白里透红，赤豆中的淀粉松散，恰好调和了糯米的黏性，赤豆的汁水色红，渗入糯米之中改变了米饭的色彩，这样的搭配既有赤豆的香味，又有糯米的软糯。冬至的夜晚降临得特别早，一家人围坐在一起，端起一碗冒着热气、飘着香味的赤豆糯米饭，这是江南的过节方式，也是品尝暖冬的美食。当然还要配一点下饭的菜，此时地里的青菜已经受过霜打，炒一盘上桌，味道香甜。新腌制的盐齑菜色泽黄亮，切一棵下饭，口感爽脆，虽然简单，却是赤豆糯米饭的黄金搭档。冬至节吃一碗赤豆糯米饭，既增进食欲，又强身健体，还能抵御冬天的寒气。冬至也有进补的习俗，糯米含支链淀粉高达百

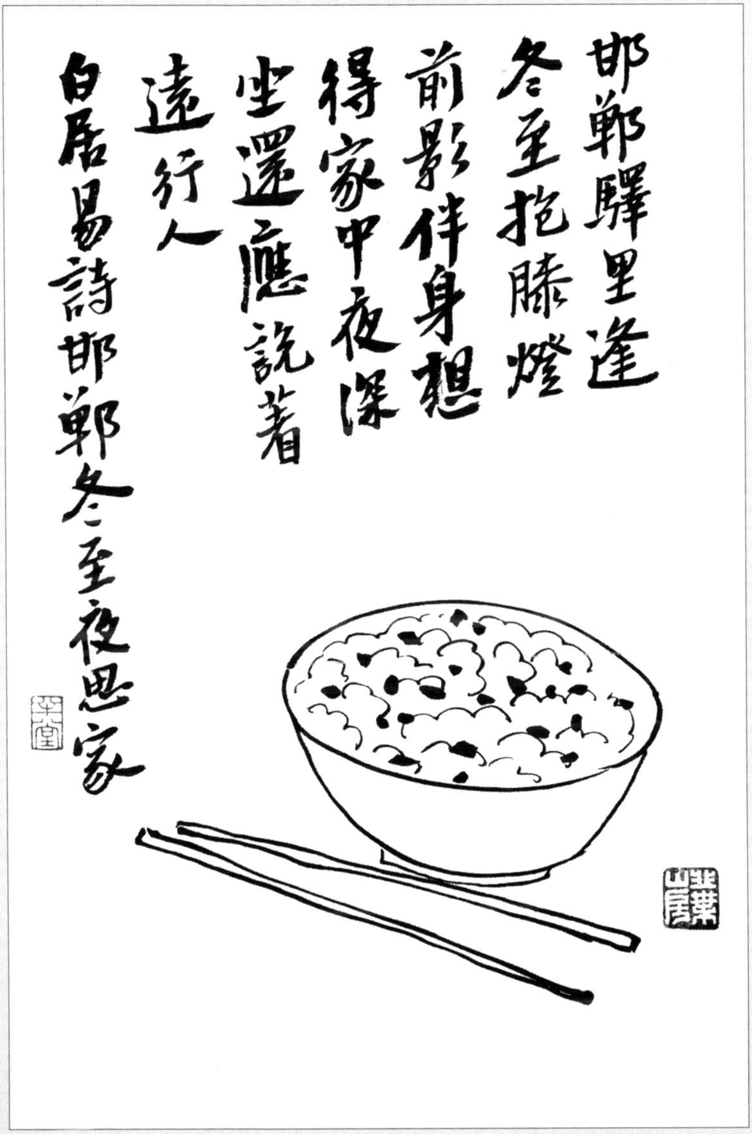

冬　至

分之九十九至一百。在农村，认为吃糯米饭具有滋补作用，以前农村买不起奶粉，喂小孩子用糯米粥汤，同样吃得白白胖胖。冬至吃赤豆糯米饭，其实就是进补的一种方式。条件好一点的还吃嵌宝肚子，在猪肚里嵌入糯米，烧熟后味道香甜，营养丰富。有的还会蒸核桃鸡蛋，这也是冬至进补的一种方式。

岁寒见冬至，早春接清明，从这一刻起，凛冽的寒风频繁来袭，枯黄的大地叶落萧萧，此时，人们习惯用数九或绘消寒图的方式等待春天的到来。好在“天时人事日相催，冬至阳生春又来”，冬至既是寒冷的起点，也是太阳回归北半球的开始，经过九九八十一天的等待，满园春色终将重回大地。

2020 年 12 月 22 日

第三辑 生活之窗

在海盐优雅地生活

面朝大海，春暖花开

这是诗人海子的心愿：质朴、单纯的生活，自由、自在的心灵。

海盐正是一个面朝大海的县城，也是全国唯一靠海而建的古县。海盐这个县名，由“海滨广斥、盐田相望”而得。她从海天泽国的洪荒中一路走来，用捍海的抗争守护出江南的绿洲；在漫长的农耕文明中穿越千年，用勤劳和智慧经营出“鱼米之乡、丝绸之府”的美名；在改革开放的潮涌中争做示范，用大气和淳朴的精气神展示优雅的气质。

面朝大海，这是海盐的地理条件。海盐因居钱塘江之西而处“浙西”，面朝大海观日出东海，驻足海塘闻涛声拍岸。

海盐位处北纬三十度，是东海之滨的江南绿洲。在同一纬度的另一头是青藏高原，两者处于完全不同的境地。青藏高原

一蓑一笠一扁舟一丈丝綸一寸鈎一曲高歌
一樽酒一人獨釣一江秋
王士禛詩

上的珠穆朗玛峰是全球的最高点，海盐则只比海平面高一点，两头相隔遥远，却又息息相关。当青藏高原在地球上崛起之时，便以高耸的身躯把干热的西风环流一分为二：一支向北，吹向了新疆、甘肃、内蒙古一带，造就了西部的沙漠；另一支向南，与太平洋暖湿气团交汇，形成了太平洋季风，从此江南便逃过了干热西风的侵扰，迎来了丰沛降雨的润泽。海盐正是江南大地的一个代表，自从秦王政二十五年（前 222）置海盐县开始，便显示了自己的卓雅与不同。

潮声远去之后的安宁

早在新石器时代，海盐大地上就有先民活动。据考古发现，海盐境内有代表马家浜文化的彭城遗址、代表崧泽文化的仙坛庙遗址、代表良渚文化的龙潭港遗址等等，这些遗址有一个共同的特点：与海保持一定的距离。但人类注定要挑战海洋，当时间进入夏朝，大禹的部下颛雪在黄花山西南万步之遥处建立了第一个土城——宁海城，这是华夏时期海盐所建的第一个面海的土城，后称宁海国。这一时期生活在海边的先民，主要以捕鱼打猎为生，并开始用海水煮盐，由此发展成为中国最大的海水盐场。周王朝二世东巡来到宁海国后，在黄花山北侧五百步左右的地方又筑了一座土城，名东京城，取与西京镐都相对之意，后又易名康城。后因战争人祸和自然灾害，东京城沦为泽国，重建后只能向北迁移。古海盐被称作吴根越角，曾经是吴越争战之地，越亡吴后，东京改为前京，但越王忘了“卧薪尝胆”之苦，与大国争雄，最后为楚国所灭。连年的战事，造成前京境内水利失修、海水倒灌、良田被淹，海民为了生存，扩大盐田、引潮制卤、粜盐货殖，海滨煮盐亭林立，从此海盐成了前京县特产。在楚国的统治下，楚令尹（相国）黄歇征集吴民四万余众，大兴水利，修筑海塘，疏浚河道，围圩造田，扩种水稻，开启了江南的农耕模式。到了秦王政二十五年（前222），在前京旧址设立海盐县，其县名的由来，正是出于“海滨广斥、盐田相望”的盐场背景。

盐是人类生活的必需品，制盐业的产生是需求的结果，但在海盐历史上，制盐业的发展却是无奈的选择。潮水的侵泽，让良田成为斥卤之地，海民为了生存，只能扩大盐田，海盐终于从特产演化成一个古县的名称。

晒盐的历史，其实就是盐民与海博弈的历史。千百年来，东海的潮水不停地冲击着海盐大地，把这片土地演变为沼泽与平原的攻防对峙，筑塘围圩，潮浸地淹，最早的县城早为潮水所淹，新建的县城一步一步向后退却。潮涨潮落，时过境迁，直到明嘉靖二十一年（1542），历史出现了一个重大转折，浙江水利佥事黄光昇在调查研究了海盐凶猛海潮的特点后，发明了一种修筑海塘的新办法，这就是今天依然能够看到的鱼鳞海塘。这一转折，让人掌握了捍海治水的主动权，坚固的鱼鳞海塘把东海的潮水挡在城外，让人们不再为每年的海侵提心吊胆。生活在这片土地上的人，在经历了漫长的焦虑和不安之后，终于得以从容和淡定。从捍海抗争的磨炼到生活的安定，让海盐人形成了“上善若水”的性格：水一样的柔情和坚韧。柔情似水，是因为水具有最大的可塑性，能屈能伸，能够演变成各种形状，还因为水具有极大的渗透性，只要有缝隙，就能渗透到每处空间。滴水穿石，是因为水具有最大的坚韧性，它持之以恒，以柔克刚。这或许就是海盐从容和优雅的基因。

从此，海盐才有“面朝大海，春暖花开”。

耕读传家之中的潜行

战国时期的海盐，与中原地区既不同语，也不同俗，曾被称作蛮夷之地，直到楚国统治吴越之地后，开始受到楚文化神秘主义影响，信奉巫术、鬼神，长于祭祀，而这种习俗一直流传至今。秦置海盐县以后，中原的文化之风开始吹入这一地区，多元的文化影响，形成海盐独有的文化现象。

海盐在春秋时期就有“知音”的传说。俞伯牙弹奏的《高山流水》大多人听不懂，但同村的樵夫钟子期却能听懂，两人终于成为知音，“高山流水”则成为高雅琴曲的象征。为了纪念这段佳话，人们将县城东门外伯牙鼓琴的地方名为伯牙台、闻琴村，并建有闻琴桥。也许“知音”的典故只是一种传说，但从中我们看到了优雅海盐的文化环境。

晋人干宝幼年时跟随父亲南迁，定居在海盐，自幼聪明好学，成年后博览群书，文武皆通，所著的志怪小说《搜神记》在中国小说史上有着极其深远的影响，被公认为小说的鼻祖。

澉浦杨氏是元代的海运世家，杨梓曾在澉浦担任杭州路总管，但他却对戏曲情有独钟，经过对南北歌调的加工发展，南戏海盐腔形成，在中国戏曲史上留下重要影响。而海盐历史上的民间戏曲、曲艺更是丰富多彩，早在楚令尹（相国）黄歇率众兴修水利之时，就派乐工在河塘上奏乐慰劳，塘工号子或许正是在这样的土壤中萌芽的，民间祭祀活动中的烧纸书更是一度盛行，至今未绝。

海盐历史上十分重视耕读传家，正如张元济所写对联“数百年旧家无非积德，第一件好事还是读书”。朱氏可谓是海盐第一望族，在科举考试中有十多人考中进士，重教之风成为海盐文脉相承的动力。海盐历代文人辈出，著书立说一度成风，各朝先哲所撰写的诗文被辑录在《四库全书》中的就有四十八人之多，这无疑又是一种文化榜样。

海盐在历史上拥有众多的私家园林，自晋至清，有据可考的私家园林就有三十多处，特别是明清之际，海盐治园成风，出现了白鹤园、百可园、涉园、拙宜园等一大批私家园林。园林文化的主题就是“隐逸”，这是古人追求优雅生活的重要形式。百可园是郑晓幼年读书之处，涉园是张元济祖上藏书之地，拙宜园是黄燮清写诗会友、创作剧本的自在天地。文人的志趣，传递给社会的就是优雅理念。

从此，海盐便有“耕读传家，文脉相承”。

工业文明之后的跨越

海盐人的淡定，曾被当作小富即安的表现，其实不然，一个传统农业县向工业化发展，海盐比别人付出得更多。

海盐经历最长的是农耕社会，围圩种田，栽桑养蚕，在世代相传中经营出“鱼米之乡、丝绸之府”这样的美名。历史上因为战争，大量北方人口迁居海盐，通过姓氏溯源发现，大多姓氏来自中原，这说明今天的许多海盐人，其祖先并不是当地人。在近代社会，同样有众多外来人口迁居海盐，20 世纪 70 年代之前的农村，有许多茅草房，这就是外来人口最初在海盐安家落户所建的住房。迁居到海盐，是因为在这里最起码可以吃饱饭、穿暖衣。海盐对得起“鱼米之乡、丝绸之府”的美名。

因为有海盐这样的特产，与其相关联的酱园产业在近代史上十分发达，曾在上海占据一半以上的市场，但海盐的近代工业几近空白，从手工业起步向加工业和建材工业发展。依靠建材资源，海盐终于完成了最初的积累，乡镇工业大发展后，才真正迈出从农耕社会走向工业化的步子，过程虽然曲折，但海盐人有着“上善若水”的性格，注定会从容走出自己的发展之路。

步鑫生是城镇企业改革的先行者，一个小县城的裁缝却有着高远的志向和打破常规的勇气，这就是海盐人的与众不同之处。一把剪刀剪开了城镇企业改革的帷幕，也搅动了海盐工业发展的神经，从改革开放到升级转型，从“一城三地”到“三优海盐”，海盐总是在超越自我、跨越时代。金达亚麻是一个从事传统产业的企业，但做成了全国首屈一指的工业 4.0 的样板。友邦集成吊顶是从草根做起的民企，但通过重新定义做成了行业翘楚。还有更多的企业，虽然行事低调，但都在不同的行业和领域争做标杆。

就地城镇化是海盐在小康社会建设中的又一实践，建设产业优质、环境优美、生活优雅的江南水乡典范，正是这一实践的目标。通过产业升级转型，提升的是发展竞争力，发展的是优质产业群，倡导的是洁净生产方式。通过就地城镇化，提升的是农村生活环境，改变的是农村生活方式，改善的是农民生活质量。环境优美、居住舒畅，出行方便、工作保障，老有所养、文化繁荣，这或许就在不远的将来。

身处一个转型的时代，太多的人浮躁不安，但海盐人从容淡定。当一名木匠的九万元现金从摩托车上一路散落时，海盐的七位市民一路追着捡起，在交回失主手中之时一张不少。当农民面对社会转型无所适从之时，马春峰因地制宜办起了万好食品蔬菜加工厂，用工厂带农户的方式带领农民致富，并于 2011 年获评第三届全国道德模范提名奖。而这样的善举在海盐并不是孤例，邹林根在 2015 年同样获评第五届全国道德模范提名奖，获评省、市、县道德模范奖的更是层出不穷。这就是海盐真实生活的一个方面，通过这一方面，我们感受到的是朴实与平安。

从此，海盐更有“安居乐业，优雅生活”。

2017 年 5 月 21 日

绮园：穿越时空的艺术

明清之际的海盐，拥有众多私家园林，如彭氏园、百可园、独寤园、白鹤园、常氏园、余春园、灌木园、喻园、芥子园、涉园、砚园、拙宜园、徐园、朱园、绮园、朴墅园等等，这么多的园林铸就了海盐独特的园林文化。只可惜，历史的岁月早已销蚀了这片文化景致，能够留存至今的仅有绮园，她穿越了战乱烽烟，穿过了一百四十多年的岁月，成为一片置身于现代都市的隐逸之地。

绮园的主人是冯万通酱园的掌门人冯缵斋。同治六年（1867），冯缵斋在自家的宅第后开启了修筑园林的工程，到同治十年（1871）基本修成冯家花园，这个园林就是今天的绮园。冯缵斋的祖上以制造和销售酱油为基业，道光十六年（1836）其祖父冯小圃在武原镇玄坛弄开了一家酱园，取名“万通酱园”。冯缵斋成年后就开始经营这家酱园。到了咸丰年间（1851—1861），太平天国战争爆发，战火同样烧到了海盐，冯家在海盐的酱园先后歇业。到了同治元年（1862），冯缵斋

绮　园

来到上海开设冯万通酱园，重操制造和销售酱油的旧业。

冯缵斋修筑绮园，既受海盐园林文化的影响，也与他的婚姻有关。在他与黄秀结婚时，岳父黄燮清给女儿陪嫁了两座园林，一座是拙宜园，另一座是砚园，这份嫁妆在海盐相当独特。黄燮清（1805—1864）是个读书人，但仕途不太顺当，很多时间是在家里筑园写诗、写剧本，迄今尚有《倚晴楼诗集》《倚晴楼七种曲》传世。到嫁次女黄秀时，家道已经败落，而黄秀受父亲影响也喜读诗书，黄燮清便把拙宜园、砚园给了女儿做嫁妆。只可惜，这两座园林同样在太平天国战乱中被烧毁，而此时的黄燮清正在武汉的大女儿家避难，当听到两座悉心经营的园林已经被毁这个消息，便一病不起。黄燮清病故后，女儿黄秀万分悲伤，看到作为陪嫁的两座园林如今面目全非，更是对父亲魂牵梦萦。冯缵斋看在眼里急在心里，为感念岳父对自己的厚爱，决定在自己的住宅“三乐堂”后边修筑园林。宅后本来就有明代的废园，再把已损毁的拙宜园和砚园中的山石精粹搬过来，并添置了一些太湖石，修筑起了冯家花园。到了同治十年（1871）冯家花园已初具规模，后又续建了亭台楼阁等，增设了景点。因为这个园林的很大一部分是用拙宜园和砚园的山石建成的，后就取名绮园。绮的本义指细绫，引申义为美丽。绮园是海盐私家园林文化的重要一页，也是园林筑造的继承和发展。

绮园现存于浙江省海盐县武原街道绮园弄，占地一公顷，水面约占十分之三，陆地约占十分之七。园内以树木山池为主，古木参天，山、水、竹、木、厅、亭、阁、桥、隧道、飞梁等布局精美，错落有致。水随山转，山因水活，各得其宜。进园为一座四面轩敞的花厅“树百堂”。厅前一湾流水，绕厅围山东流，穿洞至山后大池。厅前池上架有曲桥，与隔水相望的堤岸、假山相映成趣。厅后障以小山，山上怪石嶙峋。厅西北面一奇石如美女照镜。“镜”者，石颈处有一圆孔，清晨，孔中光耀四射流光如镜；“美人”者，一喻石之美，二喻游人情绪之美。游人观景如美人照镜。山后池水明澈如镜，池东岸有醉吟亭，西北有临波水榭，过虹桥沿堤向北，路随山转，古藤匍匐，竹径蹬道，盘旋而上，山顶有小隐亭，为全园最高点。绮园的景象就是一幅三维山水画，充分展示了空间艺术。游览绮园，步移景异的魅力正是时空艺术的展示。

从空间上看，绮园是一幅以空间描写空间的山水画。白居易说：“画无常工，以似为工。学无常师，以真为师。”画家齐白石提出绘画艺术在于似与非似之间。绮园就是依据这种山水画理论设计建造的三维空间山水画，它以砂、石、水、土、木、植物为材料，以自然景观为原型，以形似为基础，以神似为准则，通过艺术概括创作成为具有实用价值的三维艺术空间。

绮园叠山层次丰富，模仿自然而胜于自然。江南园林的山分为土山和石山两大类，绮园的山属于后者，叠山所用的材料是园林叠山常用的黄石和湖石。绮园的假山占总面积的七分之一左右，在园内布局为前、中、后三列，三列山就是“川”字，与“山”一起组成了“山川”，这使绮园的假山具有了自然山川的意境。在山与山之间有水池、四面厅相隔，又有桥、湖堤相连，形成了山脉相通的格局，按其水径、水道之达，理其山形的园景。绮园的假山具有岩崖、麓坡、峰峦、洞隧、谷涧等丰富的景象，前侧的山形似岩崖，与外界之间形成了一道屏障，与高低错落的树木构成了绮园在空间上的隐秘性。在前、中两处假山上布置有石几、石凳，可供小憩、小酌、对弈等用；北侧大假山上筑有全园最高的山峰，上面建有小隐亭，站在亭中可以远眺东边的大海，当然，现在已为高层建筑遮挡，无法再极目远望。山峰西侧还有谷涧，置有石几、石凳，人置于其中外界无法窥视，宛若世外桃源，这一设计充分表达了江南园林的隐逸思想。山与山之间有较好的自然呼应，前、中两山之间的西侧有麓坡，形成了呼应关系，中间假山的东北侧似有山脉的延伸，与北部大假山山坡的升起相贯通。这些巧妙构思，既模仿了自然山林的形象，又为方便游园规划了通行路径。而在山上、山下都筑有幽径，山上及幽径之侧置有多种形状的太湖石，最著名的是被陈从周称作美人照镜的太湖石。游园之人可以选择沿山绕行，也可以选择上山穿行，这种安排不仅极大地提升了园林的有形空间，而且可以让人充分感受“横看成岭侧成峰”的诗境。

绮园理水以聚为主、以散为辅，形成水随山转、山因水活的布局。水是园林景象构成的重要因素，但水无定形，它是依靠受容之器而成型的。绮园的水面非常大，占全园面积的十分之三左右，在山、岸、堤的作用下形成了渊潭、溪和池塘等形态的水型组。其中前假山和中假山北侧的水池为渊潭之形，周边皆用石块叠成潭岸，水池光线阴沉浓郁；最北边是大池塘，由湖堤分为东西两区，之间以罨画桥连通水系。绮园的整个水系前后贯通，南北相连的是一条溪流，穿过中部的假山后贯通南北。绮园水系的自然源流有两个：一是在大池的池底设有一口水井，使地表水与地下泉水相沟通；二是在建园之时，园内的水系与园外的河道是连通的，两者可以互通。绮园水系在艺景方面形成了以聚为主、以散为辅的景象，池、潭是绮园的最低部位，形成了吸纳蓄水之型，大池具有水库之意，对溪、潭具有补水之用。有水必然会有桥，桥其实是园林的重要景象。在南部的水池中建有九曲桥，成为曲型的江南园林景象；在北部的大水池建有罨画桥和四剑桥。罨画桥为石拱桥，拱旁有联“两水夹明镜，双桥落彩虹”，桥给人“小桥流水人家”的意境，联点明了景的奥妙。四剑桥则是中国园林桥景的孤例。

从时间上看，绮园是时间经营的艺术，她有别于绘画艺术的静态二维空间。绮园的原址本有一座明代废园，在筑园时巧妙地利用了废园中的元素，最具代表性的就是保存至今的大量古树。植物配置高、中、低交错。植物是大自然生态环境的主体，是风景资源的重要内容，绮园巧妙地整合了这一资源，营造了一个充满生机、幽美绿色的自然环境。

古树的保护和利用是绮园植物配置的最大特点，现存的古树在绮园修建之前就已分布于原有的明代废园中，修建时完好地利用了这些资源。绮园中的古树各处都有分布，其中南侧假山上的古树以一百多年树龄为主，由此我们大致可以判断出这批树木为修建绮园时所种植；中间假山和北侧假山上有许多古树，树龄达到三百年以上，有的超过四百年。这些证据告诉我们，绮园在设计建造过程中对原有树木有较好的保护和继承。

绮园对植物的配置具有高、中、低交错和四时变化的多样性特点。园中的乔木主要有银杏、枫树、垂柳、梧桐、朴树、榉树、樟树、无患子、桂花、紫玉兰、樱花、女贞、桃树、黄杨、构树、棕榈等，花灌木主要有木绣球、紫荆、八角金盘、迎春、榆叶梅、蜡梅、南天竹、珊瑚树等，藤蔓花木主要有紫藤、雀梅、爬墙虎、络石等，草本花卉主要有书带草、沿阶草、吉祥草、芭蕉等。这些植物大都是江南常见的品种，从地面到高空形成了立体交叉的园景，而且常绿植物、花卉植物和落叶植物皆有，随着季节的更替形成了枯绿交替和花开花落的变换，这是一种时态的变化。身临绮园的感受就是一种动态审美，游园的过程是一种时间组织艺术，随着观赏者的移动，会产生步移景异的变化。一天的早晚、一年的四季和晴晦雨雪，都会在时间序列中形成动态的景观变化。

2016 年 5 月 28 日

十八里大横港

大横港就在我老家的后面。当地流传一个说法：十八里横港廿里桥。这让我很不理解：大横港有没有十八里长，我没有测量过，但廿里桥肯定是没有的。大横港是我童年时所见过的最大的一条河，河面开阔，河水甘甜。我喜欢喝这条河里的水，也是喝着这河水长大的，又顺着这条河走出家乡。我的童年生活没有太多的经历，但这条河带给我许多乐趣和记忆，以至每次回家，我总要久久地坐在河边，注视着清澈的河水缓缓地流去，观看着鱼儿们欢快地跳跃，守望着落日慢慢地西沉。

一

大横港是一条古老的河，它穿越历史，流淌至今。关于这条河的来历，我曾经查阅了众多的历史资料，但它总是神秘莫测、信息不详，唯一能找到的是出于县志的一句话，说它是一条古河，不似澉浦、秦溪那样脉络清晰。既然是古河，总有一些蛛丝马迹可循，事实上大地本身就隐藏着密码。

太湖平原的形成和杭州湾岸线的变化，是古海盐地貌形成和变迁的结果，早在第四纪冰后期海侵时期，杭州湾口与长江三角洲还是一片浅海，与日俱下的泥沙促进了长江三角洲南沙嘴的发展和钱塘江北沙嘴的成长，并逐渐连接封闭，形成太湖地区的古潟湖，之后形成钱塘江北岸的太湖平原和南岸的宁绍平原。现在的钱塘江两岸都修筑了百年一遇的海塘，甚至三百年一遇的高标准海塘，但当初并没有海塘，海水进退自由，陆地与海洋进退交替。

距今一二百万年的早、中更新世，古钱塘江入海口并不在现在的位置，江水大致沿斜桥—嘉兴—金山—奉贤—川沙一带向东北注入北大江汊道，北大江就是长江的前世。距今约十八万年的晚更新世，海侵扩大，岸线在海盐、王店、嘉兴一带。更新世晚期，又发生大规模海侵，海水抵达湖州、塘栖、临平、七堡一线。到了距今约二万五千至一万五千年时，海面开始下降，最大下降了一百五十至一百六十米，水落石出后，岸线退至距现今海岸六百公里以外。距今约一万年前大理冰期开始，海面再次回升，到距今六七千年，海面接近或高于现海平面，这时的长江入海口在扬州、镇江一带，钱塘江口在富阳附近。

嗣后长江南岸的沙洲发展很快，从江阴、福山、太仓向南伸展，到达杭州湾后受强潮流和东南季风影响折向西南，推进到王盘山附近，最后与钱塘江沙嘴连成一气，形成钱塘江北岸当时的岸线，自西向东为转塘、赭山、瞰浦、王盘山、大小金山、漕泾一线。其后，潮流挟带大量泥沙沉积，河床上的沙坎不断扩大升高，长江出海口形成古冈，古太湖出现萎缩，并在

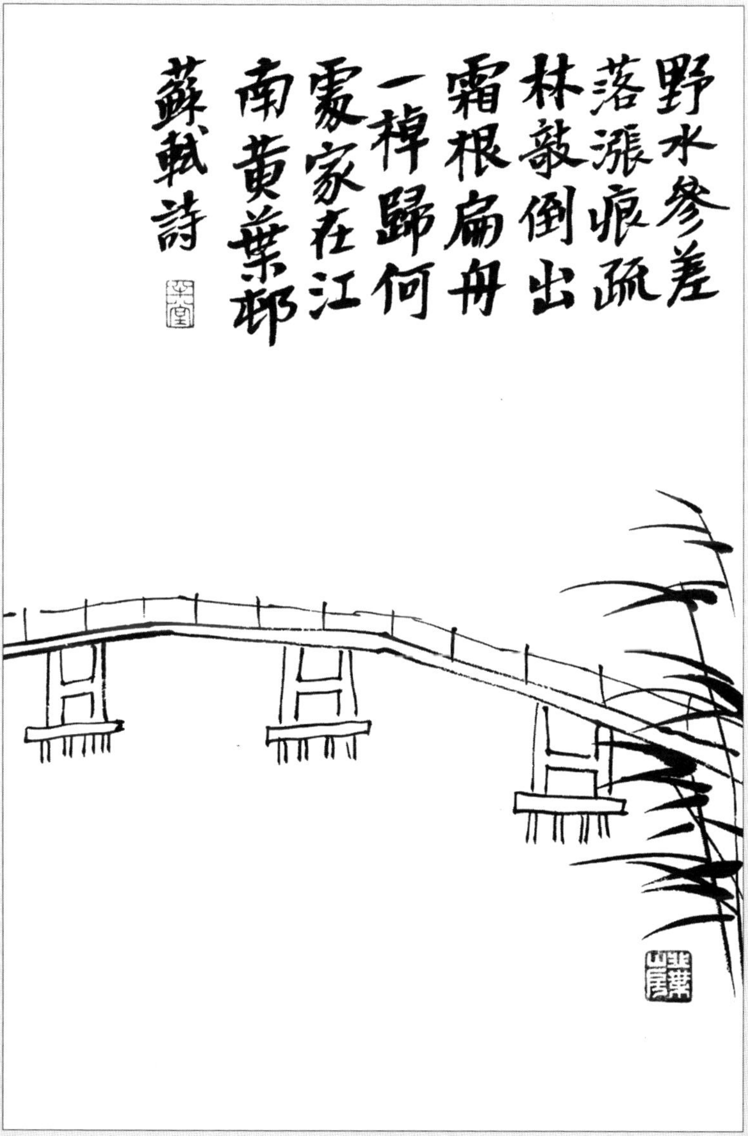

大横港桥

滨海原野上形成星罗棋布的大小湖泊，好似满天散布的秋云，逐水而居的先民生活其间，称这一地区为“云间”。公元前2050年，华夏部落大联盟首领禹治水患、兴耕种、求温饱，指派颛雪率大军东征，在云间地区筑渠引流，开发鹦鹉洲，在黄花山（后称王盘山）西南五十余里筑宁海城。这就是历史记载的古海盐地貌，并随着水利建设的发展，推动这一地区的生产发展和人口繁衍。

公元4世纪以前，杭州湾北岸的海岸线大致由大尖山向东，经澉浦至王盘山，折东北与柘林、奉贤一带冈身相连，在嘉湖平原上形成了大量湖泊，经过世代的疏浚治水进而形成了纵横交错的河港。查阅现代地质勘探资料，还发现一个规律——海盐境内自西向东的地下流沙层由浅入深，这与地理形成相一致。1978年兴修长山河出海排涝工程时，在石泉北大堰桥附近钻探，发现地表三米以下有大量流沙层；1979年海盐化肥厂建造泵房时，打井至地表下九米碰到流沙层：这是沉积泥沙成陆的直接证据。而考古发现进一步显示，现在的海岸线由西向东推进，人类活动也紧跟其后。

环太湖流域的新石器时代主要分为马家浜文化、崧泽文化和良渚文化三个时期，时间跨度达三千年。马家浜文化距今已有七千多年的历史，现海盐境内沈荡镇永庆村西北的彭城遗址属于马家浜文化，距现今海岸最远，有十三公里左右。稍晚的崧泽文化距今约五千八百至五千三百年，百步镇仙坛庙遗址属于崧泽文化遗址，距现今海岸十二公里左右。良渚文化距今约五千三百至四千二百年，在海盐的各镇、街道都有出土。还有一批原始社会晚期和商周遗址，距今四千至三千多年，主要分布在原来的六里、石泉、通元、官堂、于城、元通等地域，这些遗址与今海岸距离在六公里左右。在武原街道周围，曾发现古墓十多处，年代都在汉、晋之间。这些考古证据既是人类居住和活动的轨迹，也是地理变化的侧面反映。

大横港东起沈荡，西至王店，大概因东西横穿而得名，并横穿海盐县横港乡全境。至于廿里桥，有种说法是在横港的南、北两岸有二十座大小不同、风格各异的桥，其实真正建在大横港上的桥很少，自古至今只有新坟桥、横港桥、网船桥、利群桥，以及嘉绍高速大横港桥。当地有一个传说：在明朝抗倭时，海盐知县恐难完成修路架桥的任务，急告朝廷军官："海盐地势险恶，桥梁道路稀少，特别是有条滚烫的十八里横港，其上没有一桥，大军很难横渡，还有一个'虎口滩'和'老虎汇'，人迹罕至，危机四伏，非常不便大军通过，特请求督军大人改道行军，以保大军安全顺利地到达抗倭前线。"

童年时听奶奶讲：在日军侵略中国时，日本鬼子的小火轮开进了大横港。为了阻止日军的入侵，在大横港上筑了一个坝。这个坝刚好在我家的后面。日本鬼子遇到坝的阻拦就上了岸，于是全村的人纷纷逃命，只有我爷爷一个人守在家中烧水。日本鬼子在村中转了一圈，只找到一个老头，感到非常失望。爷爷听不懂东洋话，唯有炉子上的一壶水坐着，壶嘴里正冒着蒸汽，但这壶开水还是被日本鬼子抢走了。水壶是用铜做的，也是家里比较值钱的器具，听奶奶的口气，对此一直感到很可惜。河上的坝终究没有挡住日本鬼子的侵略行为，他们炸了坝，继续往西入侵，来到"虎口滩"遇到一个比较大的村庄，就开始了烧光、杀光、抢光的"三光"行径。村里的人来不及逃走，就遭到了杀戮，房子也被烧毁无数，从此，这个地方就变成了“火簪滩”。而鬼子听说大横港有廿里桥，再也不敢向西前进。爷爷在经历了这场惊吓以后，不久就去世了。

二

大横港是一条与我童年相伴的河。我喜欢在河边看每天一班开过的轮船。当时横港与海盐之间的交通工具只有轮船，大清早轮船从横港出发，在横港桥有一停靠站，傍晚时从海盐回到横港，我就守在河边听着它在汽笛鸣叫声中从东边驶来，看着卷起的浪花拍打着两岸。我还喜欢在大横港里游泳，每当夏季到来，这条河就是我的乐园，我几乎每天都浸泡在河里。泡在河里不仅可以散热，还可以抓鱼虾。

这是一条带给我无数快乐的河，也是见证我成长的河。从十岁这一年夏天开始，我与这条河的关系更密切了。有一天，母亲的胳膊骨折了，而这时刚要开始夏收夏种的“双抢”。这是一个生产队集体劳动的年代，分粮分红都要靠工分，这对我家来讲是一个意想不到的打击。但集体劳动也有一定的好处，生产队根据不同的人有不同的分工。这一年，我母亲就被安排割牛草。当时是用牛耕田，平时牛吃的草靠每家轮流供应，“双抢”期间就安排专人割草了。对这样的安排，我母亲很高兴，因为儿女们可以帮助她割草，照样可以完成任务。其实那时我身上已经长出了一些小力气，完全有能力帮母亲干很多活。因为有这条河，我的割草生活也增添了许多乐趣。我总是喜欢在河边割草。根据我的观察，由于河中水汽的作用，河边的草总是长得粗壮一些，这不仅有利于我完成任务，而且割到的草质量也好。一个人割草总有孤独的时候，但有了这条河相伴，自然不再寂寞。小鱼喜欢在水面游来游去，我可以细心地观察它们，也可以与它们说话，如果看不到鱼，只要往水里掷几块泥土，鱼儿就招之即来。一边割草一边与鱼儿说话，这是何等的乐趣！有时候也会有大鱼跃出水面，这就属于意外的惊喜了。

这是一条肥沃的河。河的两边是很高的地，当地人习惯称它为港。港上栽种了桑树，成片的桑园让人一看就知道这里是栽桑养蚕的地方。喜欢这条河，是因为这条河里生长了太多的鱼虾。在我成长的年代，家中的生活还是那样贫困，每到春耕的季节总是要断粮，吃鱼啖肉更是长时间的奢望。我便开始从这条河中动脑筋，直到后来学会了许多抓鱼的本领。河里有无数的鱼，鱼儿总是不安地跳跃，甚至发出啵啵的吃食声。这些鱼时常吸引着我，也吸引着村里的大人们，他们总有办法从这条河里弄到一些鱼，因此，除了逢年过节，一般都不买鱼，要吃鱼就到河里抓。我喜欢看大人们抓鱼，总是跟着他们在河边转来转去，这样可以学习抓鱼的方法。实际上大人们抓鱼的方法既简单又实用，一般是用鱼叉叉鱼或放钩子钓鱼。我年纪小扛不动鱼叉就只能选择放钩子钓鱼。

每年不同的季节有不同的抓鱼方法。开春以后，大人们总要在河里养革命草，人们习惯叫湖羊草。如果是星期天，我就拿一根鱼竿坐在船里钓鱼，每次总会钓到许多白条。这种鱼虽然不大，但肉质细嫩，非常鲜美。春耕开始以后，是鱼产卵的季节。春天经常下雨，田里的水放到河里，成群的鲫鱼就会从河里逆水游到水沟中，这样的鱼最好抓了，只要在水沟的末端按一只网，在上面一赶就能抓到许多，有时吃不完还送给邻居。夏天来临，鱼虾们最活跃了，河虾喜欢栖息在阴凉的河滩边，一般直接用手摸就能抓到；而草鱼、甲鱼是最贪吃的家伙，只要在傍晚的时候放好鱼钩，第二天一大早再去收获。大横港的河蟹是最出名的，有谚语说“北风响，蟹脚痒”，每到金秋十月菊花盛开之时，亦是大横港大闸蟹最肥美的时节。这时的河蟹，膏腴肉厚，背壳青中带黄。在大横港上有许多鱼簖，在捕河蟹的旺季，渔民一个晚上就能捉到几百斤。当地的农民也各显神通抓河蟹。晚上在河边吊上蟾蜍的肉，河蟹就会爬上来吃食，这时只要轻轻地用网一捞就抓住了。

三

大横港是伴我走出家乡的河。十八岁这一年，我考上了中专，终于坐上轮船，顺着这条河走出了家乡。外面的世界很精彩，外面的世界也很无奈。这一走我终于跳出了一个狭小的天地，但我与这条河的情感终究是无法割舍的，每次回家，总要久久地坐在河边。我喜欢看着这条河，让思绪再一次回到童年。每当在外面受到委屈，我也乐于来到这条河边，让清澈的河水从心中缓缓流过，让我的心得到平静，让我的身体得到力量。

再一次坐在这条河边是一个秋日的傍晚。太阳快要下山的时候，也是这条河最美的时候。余晖落在水面上，泛起一片红色，觅食了一天的鱼儿们最喜欢在这个时候吵闹，有的相互追逐，有的练着水中杂技，掀起的水花打碎了平静的水面。偶尔驶过一条大船，把鱼儿们惊得四处逃窜。勤劳的人们还在港上劳作，有的正是童年的玩伴，看到我回家主动与我打招呼，虽然已长久不见，但乡音未改，仍然有一种亲切感。有几个年轻人正在河边钓鱼，走过去一看，我不认识，大概是慕名而来的外村人。父亲正在边上的水塘里采菱。这个水塘原来是养鱼的，但所养的鱼时常为别人所获，父亲就改成了种菱。父亲正忙着为我采菱，说是他种的菱比较好吃，一定要我带一点回去。实际上我也知道，父亲让我经常吃一点家里的东西，是让我不要忘记老家，这也许是增进我与家乡感情的一种方式，真是难为他一片良苦用心。

长久的分离，使我越加感到了这条河的变化，虽然河还是那条河，但河两边被称作港的高地已经没有了，原来的河滩上也砌筑了石邦岸，我不知道是好事还是坏事。河水失去了清澈，浮油发出一闪一闪的反光，漂浮物随风吹动。我熟悉的这条河开始变得陌生，我已有好几年不在这河里游泳了，不是因为不相信自己的体力，而是害怕变坏了的河水。

母亲已经做好了晚饭，但我还没有回去，她已经追来叫我了。

2015 年 10 月 5 日

再见了，宋家村

2021 年 6 月 7 日，父母搬出了宋家村的老宅。过了一个星期，我再回宋家村探视，一幢有四十五年历史的老宅早已被夷为平地，连废墟都没有了，只有三棵高大的榉树暂时留守在这里。

宋家村是我出生和长大的地方，一个典型的江南自然村落。村庄位于大横港的南岸，一条小河就像长在河港上的树杈，弯曲着伸进村庄，普通的民房建造在河浜的两侧及南端。择水而居是先民的智慧，也是江南村庄的特点。

关于宋家村的历史，我曾经问过父亲和村里的许多长辈，但始终未能找到答案。父亲是村里最年长的人，比他年轻的人更不知道宋家村的历史。祖父在我出生之前早已去世，关于他的生平，几乎没有听说，只有祖母说起过，日军侵入村庄时，全村的人都跑光了，仅祖父一个人留在家里烧水，受了惊吓，不久便离开了人世。等我识字时，只看到家里的一副担桶上留着他的姓名。祖母在我懂事时就已神志不清，再无法从她嘴里

宋家村

听到对宋家村的记忆。唯一的历史痕迹是在村庄的西北角有一块地称作戏文场，从名称来推断，历史上这里有个戏台。夏天在河里游泳时能踩到许多碎砖瓦，这是先人生活的直接证据。宋家村不大，只有三十多家农户，大部分姓宋，大概这是村名由来的依据，有两户姓张，也算是世居了，还有几户姓程的，是后来从外地迁过来的，在童年时还看到他们住着茅草房，后来才陆续盖了瓦房，改革开放以后，村里相继盖起了楼房。

前几年村里的农户相继向外搬迁，这是政府引导农户集中居住取得的成果，村民觉得住在小村里出行十分不便，搬迁的积极性高涨，几年下来村庄里只留我家的老宅和其他两座新楼。村庄后面是大横港，向东通往沈荡。一清早有一班轮船，从横港乡集镇开往海盐，途经沈荡，傍晚从海盐回到横港。坐轮船去沈荡必须起个大早，再等到傍晚才能回家，十分不便，村里的人大多情况下是走路或者摇船出行。大横港向西通往王店镇，王店镇有火车站，可以坐火车去杭州或上海，或者更远的地方，但去王店没有轮船，只能靠步行。住在这样的村庄里，村民外出确实不便，只能选择步行和坐船。20 世纪 80 年代后，自行车开始普及，为人们出行提供了极大的方便，但父母都不会骑自行车，父亲学了几次都学不会，没有办法，只能买了一条小船，装上挂桨机，经常开着船上街卖菜。到了 90 年代，摩托车开始普及，农村的道路也开始改善，但父亲更不会骑摩托车，只能看着别人来去自由。后来出现了一种电动三轮车，父亲毫不犹豫地买了一辆，为他的生活提供了极大的方便，每天开着它出去卖菜喝茶。但随着年岁的增加，开电动三轮车变成了危险的行为，有一次被一辆摩托车撞了，连车带人倒在田里，虽然性命无忧，却也受了很大的伤，让子女十分担心，为了安全只能把电动三轮车卖了，这又限制了他的自由出行，天天守在一个小村里，没法出去。我知道父亲十分孤独，虽然我经常回去看望他，每次都把生活用品买好送去，但他并不稀罕，他更向往外面的世界，更想到附近的小集镇上走一走，看看茶馆里是否还有自己的茶友，以及曾经相识的熟人。实在找不到借口的时候，就要求我送他去信用社把养老金领一下，这是一个能够外出的机会。其实我是愿意陪他出去走走的，每个月按时送他去理发，并陪他到超市看看，他则乘机到外面露个脸、花点钱，这是一种存在感的满足。

决定搬家的前几天，我每天来到老家帮父母整理东西。四间平房的空间不算小，但里面堆满了杂物，许多东西在我看来是没用的，但父母觉得都有用，从编织袋到木板，从农具到木匠工具，墙上挂的，地上堆的，到处都是。以往母亲要到地里种菜，每一件农具都有用处，父亲要修理锅盖和木桶，经常要用到锯齿、斧头等木匠工具，但接下来的生活变了，新居在小区里，已无地可种，父亲年岁已高，既无力再做自己喜欢的事，也无须再挣钱生活，只要让自己安定下来，安享幸福的晚年就好。可是父母的理念还是停留在每天劳作的场景里，劝母亲把旧衣服全部扔了，她却说干活时还要穿的，跟父亲说把不用的工具处理了，他却说自己还要箍桶的。我把今后不会再用的东西一件件整理出来，有价值的卖钱，没价值的直接扔掉，到了第二天母亲又悄悄地捡了回来，这就是父母的观念，节俭、勤劳永远是他们的本色。

乡下人家，可搬的东西真的不多，几箱普通的衣服，一堆农具，连像样的家具都没有。一张八仙桌年代久远，虽然有点破旧，但满身包浆，满是岁月的记忆。一个衣柜，典型的明式风格，局部有点损坏，但依然可以使用，据父亲说这是在土改时分来的，显然出于大户人家，清理时门板的背后没有发现书写子女出生的年月时辰，但在抽屉里发现了一张小纸片，上面记录了子女出生的时间，这就是衣柜在家庭中的重要性，作为历史的见证，无论如何要保留下来。新居里买了新床，老床显然已没有用途，但母亲坚持要搬走，只能采取折中的办法，把花板拆走，就算是留下一点历史记忆。其他的东西已然不多，但搬家的这一天，母亲却提出一个要求，还想在这里住最后一个晚上，这确实是让人十分眷恋的时刻。这幢祖屋是父亲和母亲亲手建造的，也是他们生养四个子女的地方，虽然子女的子女都已成年，但毕竟是他们一生生活的地方。或许我很难理解母亲对这个村庄、对这个家和对这座祖屋的情感，母亲从嘉善嫁到宋家村以后，虽然也曾惦记自己的父母和家乡，但把自己的生命和生活都留在了这个新的地方，在这里种田养蚕、生儿育女，终于把儿女养育成人了，自己却早已步履蹒跚、白发满头，但仍然惦记着子女的日子是否过得很好。好了，父亲、母亲，我们的日子过得很好，你们再也不用操心，安心地搬入新居，不用再去操劳，想买什么东西只要说一下，政府发的老年费和养老金就自己存着。我扶着母亲，把她送进汽车，再难舍也有离开宋家村的一刻。

从一个熟悉的地方搬到一个新的地方，父母没有新鲜的感觉，仍然停留在对老家一草一木的记忆之中，其实我也同样具有难以名状的感受。一个星期后，回到老家看了一眼，祖屋早已拆除，只有三棵榉树留在原地，这是唯一留下的证据。这几棵榉树的树龄已超过五十年，是父亲年轻时所栽，初衷是为我长大后娶妻做家具用，结果是我十八岁就离开了老家，在外读书工作、买房娶妻，让这几棵树幸存了下来。榉树长得很高大，夏天时能够为祖屋提供一片阴凉。前几年村上的农户开始搬迁时，有人曾经想买下这几棵树，但父母始终不舍得。这既是小村的历史见证，也是父母的生活伴侣，但现在却很担心它们的出路。一台推土机正在拼命地嘶吼，它要拼命地抹去村庄的痕迹，然后将这里变成一片整齐的田野。

父母搬出了宋家村，我已不太可能再去曾经生我养我的这个地方，父母凭自己的行动能力也无法再去这个地方。其实所有的房子拆除后已没有村庄的记号，只有在一部分人的记忆中还留下一些细节，曾经在这里居住和劳作，曾经有许多相熟的面孔和家长里短。现在这里已是一片广阔的田野，将来只有茁壮成长的禾苗，没有任何地标的特征。

再见了，宋家村！

2021 年 6 月 16 日

在高原上

禅语有云：人活在呼吸之间。

呼吸是生命的象征，呼吸也是生命的存在。呼吸之间是意念流动，呼吸之间也是吐故纳新。一呼一吸是人生的旅程，也是生命的延续，生命随时间流动，然后在流动中慢慢苍老。

在生命流经的岁月里，有成功也有失败，有坚持也有生死的考验。1995 年，因为被派去西藏那曲工作，我的生命在高原上多次经受着考验。

初次入藏，雪域的景色总是给人以神奇的感觉，但神奇的背后却是未知的凶险。记得第一次到牧区调研就经历了一番考验。那是一个初夏时节，虽然草场已经开始转绿，但汽车一上山还是在白茫茫的雪地中穿行，偶尔还有狐狸在雪地中跑过。开始以为这是很浪漫的旅行，对隐藏的凶险一点也没有意识到。其实在高原出行每一次都有风险，这种风险既有路途本身的因素，也有气候的因素。在高原上，许多地方没有正式的路，只是走的人多了才成了路，所以汽车有时行驶在草地上，有时行驶在沙石上，甚至还要穿过河流。一路上人烟稀少，没有村庄，

高原牦牛

没有行人，只有出没无常的野生动物，那是最有激情的生命，或许还能遇到一顶帐篷，那肯定是一户牧民在此放牧了。所以最担心的事就是汽车抛锚，藏族人称为“当团长”。其实这种事担心也是没用的。在返回的路上，那辆北京吉普终究是经受不起颠簸，随着一个个零件的减少，最后连传动轴也掉下来了，汽车瘫痪了。一辆小车停在雪山上，只是一个小黑点。从雪地里吹来的风冰冷刺骨，此时早已没有了“银装蜡像”的浪漫，只感受到对生命的考验。没有通信工具，也没有过往的车辆，所有的等待更多的是承受压力，所有的选择都是不可预测的结果。唯一的希望是：据说在两个小时后会有一辆邮车从这条路上经过。这让我们看到了希望，但等待也是漫长的，虽然出发时带了棉衣，但此时是难以抵挡高原上的风雪的。据说当年解放西藏时，有八位女兵在进藏时遭遇了一场暴风雪，成了永远的冰雕。幸运的是，两个小时后，这辆邮车在期待中终于驶来了，是一辆墨绿色的解放牌卡车。在高原上出行，其实卡车是最安全的，这不仅因为卡车底盘高，而且因为卡车上备有燃料、维修工具和零配件，邮车更不例外。热心助人也是高原人的品格，藏族人大多信仰佛教，帮助别人本身就是一种善良。邮车司机在自己的修理箱中找到几枚螺丝，让我们装上了传动轴，我们迎着风雪、披着星光重新踏上了归程。

更危险的一次是阿里之行。也是在一个初夏时节，但对于高原来讲仍然是一个冰雪的世界。选择这个季节出行的好处是：不大可能遭遇暴风雪，虽然一冬的积雪尚未融化。出日喀则至阿里是走 318 国道，但这条国道仅仅是地图上的标记，实际完全出乎想象。到达措勤县城已近傍晚，路途上已经坏了一个轮胎，这是非常冒险的事情，所以到了休息的站点最要紧的事就是补胎和加油，可是整个县城没有一个补胎的地方，只有邮电局兼卖汽油，而且汽油是用水桶作为计量工具卖的。在以后的行程中都是类似的情况，不是按桶卖油就是用尺量着卖油，抽油之前先用尺子插在油桶里量一下油的高度，抽完油再用尺子插在油桶里量一下油的高度，两者相减就等于卖了多少厘米的汽油。虽然西藏条件艰苦，但西藏人民充满智慧。补胎的事最后还是找到邮政局开邮车的司机帮忙。做完了这些事，才找到一家小饭馆吃了点饭，其实中饭也没有吃，但这一切还仅仅是一个开始。因为司机没有去过阿里，当时也没有导航系统，如何走这段高原之路，每个人都心中无数。意外的消息是，在措勤县的小旅店里遇到了阿里消防支队的一辆车，在问过了路线情况后，他们愿意带我们同行。更意外的是，刚睡下不久，他们因为出现了高原反应，决定连夜驱车回狮泉河，此时正是午夜零点多一点，我们怕不认识路，赶紧跟车出发。这一夜天特别黑，没有星光，也没有月亮，只有前方的车灯隐隐约约。汽车没一会儿就进入了曲折的山道，几个转弯之后，带路的汽车早已没有了踪影，前行只是一种感觉，谁也不知道前方是陷阱还是阳关大道。而此时，海拔越来越高，前方的路越来越迷茫，风险也越来越大。

国道依然是国道，但突然之间为一片白雪阻断，无路可行，只能下车寻路。借着微弱的手电光，依稀可辨车辙从路侧下坡向下延伸，国道不通的路段都是新开辟的便道，汽车一会儿上一会儿下，这就是高原的路况。即便是这样的好景也不长，司机一不小心就把汽车开进了雪地，不能进也不能退，而此时是凌晨三点多。茫茫的雪原，海拔都在五千米以上，氧气含量已不足百分之五十，坐在汽车里，只觉胸闷气喘。司机看我这种情况，非但没有安慰我，反倒对我说：“你今夜很危险，可能过不去。”其实此时的担忧都已经变得无助，只有用坚强的意志去抵抗危险，唯一能做的就是从包里找出救心丸紧抓在手里，觉得心跳无力之时吃两粒。其实生命有时真的很脆弱，就如许多一氧化碳中毒的人，没有知觉更没有反抗。当东方的天空开始露出白色之时，我们已经等到了战胜危险的光芒。必须为生命开辟一条通道！我们从所带行李中找出所有能够挖雪的工具，而实际上只有几只盆子，但这已经足够了，长时间待在雪线以上的地方，人已经高度缺氧，再好再多的工具也无法使用。使一些小工具，用一点小力气，也许是最好的生存之道。挖去了积雪，车还是无法行驶，只有把陷入雪中的轮胎垫起来，才能爬出陷阱。虽然高原上到处都是石头，但大多被冰雪封冻，能够撬动的寥寥无几，自救艰难而缓慢，虽然太阳早已升起，但没有过往的车辆，也没有人烟。这就是高原，在展示她独特魅力的同时也布下陷阱。无法求救，也无力等待，每个人的精神都在慢慢耗尽，但只要有呼吸我们仍然有意志。最后的抉择是四个人拼命一推，这犹如一场决斗，胜败在此一举，意志终于战胜了困难，轮胎转出了陷阱，而生命也转过了一个轮回。

虽然是高原，但也是生命奋争的地方。通往阿里的路，有很长的一部分是无人区。无人区就是无人生活的区域，但这里是野生动物的天堂。极目远望，有成群的藏羚羊和黄羊，还有散落于草原的野牦牛。藏羚羊和黄羊是十分警觉也是十分善跑的动物，只要听到远处有异常的声音就会做好逃跑的准备。黄羊的尾部是白色的，从很远的地方望去就像一朵朵白色的花。野牦牛是庞然大物，自恃威猛有力，一般不惧人类。这些生命就是高原上的代表，一直生活于鲜有人迹的地方，远离人类是它们的生存之道。即使是这样，在无人的高原上也还是时常响起偷猎的枪声。野驴也许是高原上最有个性的代表，你有心要找到它是一件不容易的事，在你没有防备之时却突然出现于你面前，这就是无人区的奇遇。成群的野驴犹如千军万马，壮观的气势让人心情狂野，不顾高原的风险驱车追赶，结果轮胎爆裂，虽然有备胎，但如果运气不好再次发生这种情况，就无法到达下一个休整点，这就是无法预测的风险，而此时的野驴却故意从我的面前跑过，卷起的泥土一路扬起，它是高原上的胜利者，让我们望尘莫及。

同样的陷阱在前方的路途中依然不断，只是有了教训后变得更加小心和富有经验，当最终抵达狮泉河时，我们共同的愿望是休整，因为生命的考验还没有结束，路途还要继续……

2020 年 5 月 26 日

打灶头

俗话说“民以食为天”，而食以炊为先，灶是家庭的必备炊具。江南农村流行一种特色鲜明的柴火灶，从灶山、烟箱到灶身画满各种不同的图案和纹样，富有浓郁的生活气息，饱含薪火相传的民俗文化。灶头不仅被用来烧菜做饭，还可代表一个家庭的形象。灶文化很有趣，却难为了打灶头的师傅，不光要有造灶具的技术，还要有会作画的本领。我父亲正好是一位打灶头的能工巧匠，在很长一个时期内南来北往、东来西去，在一个区域内因打灶头而出了名。

父亲是一位泥水匠，经常跟着同村的一位老泥水匠外出造房子。这位泥水匠收了许多徒弟，组成一个造房班子。父亲比他年纪小一点，却不是他的徒弟。在砌墙造房的同时，还要做一件重要的事情，在新房子里打一座新灶头。据父亲自己说，他打的灶头火力特别旺，而且省柴，画的灶头画又特别好看，周边的农户时常上门邀请他去打灶头。父亲擅长打花篮脚的灶头，这种灶头的底座向内收紧，上下都画有灶头画，看上去既

灶　头

漂亮又具有时代气息，在农村特别受欢迎。

父亲是有名的打灶头师傅，周边村庄时常有人请他打灶头。一次去邻村的亲戚家做客，父亲说这村上的灶头十有八九是他打的，开始我有点不相信，以怀疑的态度挨家逐户去查看，结果看到大多数的灶头上画了标志性的图案“迎客松”，画风与家里的一样，我相信这种灶头画肯定是出自父亲之手。其实他打灶头的地域不只在横港本乡，沈荡、百步等地也有许多农户上门邀请。这些地方离家较远，大多由熟人介绍过来，但再远也得去，每次父亲一清早就要出门赶路，晚上很晚才能回家。我早上起来只要看到挂在柱子上的工具包不见了，就知道父亲已外出打灶头了。他最远还去过嘉善打灶头，去的是我外公家。有一年放寒假时，父亲带着我一起去了嘉善，父亲是去打灶头，我是去做客。在为外公家打灶头时，村子里的邻居看到灶头画特别漂亮，有两个邻居当场提出自家也要打灶头，这让我很高兴，可以陪着外婆多玩几天。

在我读小学和初中的年代，只要不是农忙季节，父亲总是每天一大早就背着一只帆布包和两只泥桶出发，包内装着泥刀、灰夹、尺子、线垂、毛笔、颜料等工具。当时没有交通工具，出行全靠步行，去百步、沈荡需要走一两个小时，父亲每天早出晚归。大清早只要听到父亲的两声干咳，准是已经背上工具准备出发了。

打灶头最忙是重阳节这一天，父亲告诉我这天称作“老日子”，这是最适合打灶头的日子，若不是灶头坏了应急，许多农户会选在这一天打灶头。重阳节前的几天，总有一些陌生人来到我家，目的都是请父亲打灶头。父亲在问清大概位置后，详细地叮嘱需要准备好砖头、石灰和颜料等材料。重阳节这一天，父亲起得特别早，他提前计算好如何在一天时间内把多座灶头的底座做好，披着星光首先赶到离家最远的村子，找到没有烟囱的房子就是需要打灶头的农户家了，当天的任务就是把灶头的底座砌好，接着去第二家、第三家，往回家的方向一路做过来。在每家先做个灶头底座，相当于造房子选个吉日奠基，再按照预约的时间先后陆续打造。父亲说，最多的时候，一天时间打了九座灶头，从九月初九的凌晨干到初十的凌晨，从南边到北边，从东村到西村，光走路就用去不少时间，从最后一家出来，村里的公鸡已经开始打鸣了。当然，这一天只是为每一家砌一个灶头的底座，接下来的时间才是正式打灶头，这一段时间里，总是十天半月见不到父亲的身影。其实打灶头还有别的“老日子”，一年中春、夏、秋、冬换季的前一天都是老日子。据说这一天分管节气的旧官卸任，新官还没上任，土地公公钻在石砣中休息，除了不可以修建石砣，其他诸事皆宜。许多农家也会选择其他农闲时间打灶头，特别是春节之前，打一座新灶头，可以高高兴兴过新年。

打一座灶头的时间，最少也得一天加一个夜工，一般都得用两天时间，像重阳节这样的“老日子”根本忙不过来，经常需要请一个帮工，但父亲又不想收徒弟，几次对我说，等你长大一点带你去学习打灶头。其实我知道，他的愿望是子承父业。在我读初中时，赶上一个星期天，父亲第一次带着我在邻村打灶头。在开工之前首先是查看户主准备的材料，特别是石灰有没有提前打好，打得不认真的，就要补打，确认准备无误后，就可以放心地开工了。对于一个内行的人来讲，打灶头也许没有什么秘密，而我却是一张白纸，对于这些秘密既不知道，也看不懂，父亲只好边做边给我讲解。画底脚线时先要检查锅的大小，灶头的大小是根据锅的大小来确定的，大部分家庭打的是两眼灶，外锅一般用二尺二寸，里锅用二尺四寸，人口多的家庭会打一座三眼灶，中间加一口小一点的锅。画底脚线时烟囱的位置一定要对准，以免造成倾斜，在做底脚前，先要用水平尺校准水平线，以免造成锅台的不平，这些既是经验，也是细节。第一次跟着父亲打灶头，我什么都不懂，什么都不会，只能在边上搬搬砖头、拎拎泥桶、递递毛笔，但父亲说过的话却一直记得。砌好底脚就砌灶身，花篮脚的灶头脚小身大，需要有一定的技巧，总是要使用大小不同的砖头，经过观察，我似乎明白了一定的原理，及时把合适的砖块递了过去，父亲接过砖块一试大小正合适，脸上露出了一丝笑意，大概觉得我有点悟性，或许以后能够子承父业。灶身需要画画，在砌砖时须提前把画框留好，砌好灶膛接着砌灶台，父亲再次拿出了水平尺测量，灶台一定要做平，否则锅会一面高一面低。灶台上面的这座墙里面就是烟箱，这是与灶膛和烟囱相连的排烟通道，在砌烟箱时，父亲告诉我在外侧要留几个空格，这叫灶心洞。灶心洞很有用，里面可以放一些需要防潮的小物品，比如茶叶、糕点等，随用随取。再上面就是灶山，一般为两级台阶型，存放祭灶神用的香炉、蜡钎、供品等，在缺电的年代，常把蜡烛或煤油灯放在灶山上。灶的毛坯砌成后要先把锅放上试烧一下，看看火力是否大，火的位置是否居中。火力大小与烟道有关，火力小了就要加高烟囱，但烟囱太高会把火吸走。火的位置不正，容易做出夹生饭。这些都是打灶头的技巧，父亲一边打灶头，一边把经验传授给我。

经过试验符合要求后，就要开始粉石灰和画花了。粉石灰的难度相对较低，之前跟着父亲学习过，这时我才有机会参与其中。灶头的背面不画花，要求相对低一点，我就专门负责这一部分的粉饰。画灶头画在农村叫画花，这是最精彩的部分，父亲在灶台上放一排碗，先把颜料挤在碗里，再用白酒兑开，人站在灶膛中，手里夹着多支毛笔，有时嘴里还衔着一支，从上到下一边勾线一边填色，画到灶箱时，在灶台上架一根扁担，坐下来专心地作画，虽然没有样稿，但各种图案很快就跃然在灶上。中间最大的一幅，父亲喜欢画上迎客松再加一个红太阳，看起来既大气又突出主题，在 20 世纪 70 年代，红太阳具有特定的含义，父亲把它引入灶头画，也算是与时俱进。其他还有花篮、雀梅图、寿桃、鲤鱼、公鸡、历史故事等题材都是讨人喜欢的。画花时，边上的邻居常会过来观看，这也是我最早看到的现场作画。父亲会画很多样式的灶头画，我不知道他是从哪里学来的，出于好奇，曾问他是跟谁学的，他说没有拜过师，不过后来他告诉我，邻居家出过一位能工巧匠，专门造房子，也打灶头，在跟着他一起干活时边干边学，但我从来没见过这位能工巧匠，所以不知道还有这段历史，我只知道他的儿子年纪比父亲大一点，曾经也做木匠，但不出名，看来祖上的手艺没有传下来。父亲有时也会把招贴画、火柴盒上的一些图案收集起来，这些大概是他画灶头画的灵感来源之一。

父亲还会打老虎灶，这种灶特别大，前面的烧火口像一张大嘴，后面的烟囱像一个尾巴，称为老虎灶很形象。老虎灶在烧火口投入燃料后，通过气流把火吸入灶膛，与锅炉的原理相似，以往食堂烧菜做饭、茶馆烧水常用这种灶。一次跟着父亲去茶馆喝茶，他说那座老虎灶就是他打造的。

我几次跟着父亲去学习打灶头，甚至在高中毕业后还跟着去造房子，父亲很想把自己的手艺传给我，但我却收到了中专录取通知书，再也无法实现父亲的愿望。去年，父亲把家里的老灶头拆了重新打造，其间专门给我打了电话，告诉我这是他最后一次打灶头了。得知消息后，我专门赶回家里，再一次帮着搬砖头、拎泥桶、递毛笔，虽然已经不可能学会打灶头的技术，也算是共同回忆曾经的经历，同时也用相机拍摄了整个过程，把年代的记忆保留了下来。

2017 年 10 月 28 日

寻找海盐腔

20 世纪 90 年代，我听说有一种有名的声腔叫海盐腔，因为自己与戏剧工作无关，海盐腔与自己的生活关系也不大，以后就再也没有关心过海盐腔是一种什么状态。但近年来还是有人不停地向我介绍海盐腔，看来有的缘分本来就是推不开的，虽然试图刻意回避，但仍然会与自己发生关系。

事情的转折往往是不知不觉的，说来也巧，2007 年的春天，我居然到了文化部门工作，以往不关心的事，现在就是我的工作内容了。记得第一次参加县文联戏曲曲艺家协会的年会时，会上讨论最热烈的话题就是海盐腔。于是我不得不面对这个事实：现在有很多海盐人关心海盐腔。我深深地为他们的热情和执着所感动，也许寻找海盐腔已是我们的使命。

海盐腔位居我国南戏四大声腔之首，其价值不言而喻。据考证：海盐腔始于南宋，盛于明代，遗失于清代。海盐腔因为产生于海盐而得名，或者说海盐腔的产生与海塘盐工曲有关。但由于年代久远可资参考的资料有限，而且由于海盐腔本身的衰落，对海盐腔的产生及海盐腔的曲牌、曲谱的界定在学界存有分歧。寻找海盐腔，注定是一条艰难的道路，也是一项艰苦的工作。

历史是一个发展的过程，旧事物湮灭了，新事物在成长。海盐腔也不例外，虽然三百多年前在海盐失落了，但海盐腔却传到了江西，海盐腔融入了昆曲，海盐腔在海宁皮影戏中传唱，海盐腔在海盐骚子（烧纸）中遗存。争论只是为了去伪存真，而并非否认海盐腔的存在。

为了寻找海盐腔，我只能去阅读和研究有关海盐腔的论文资料，同时也不断地求教于学者专家，包括为数不多的老艺人。许多人认为海盐腔已经迷失，原因是当今海盐已没有人会唱海盐腔，也找不到留存下来的海盐腔的曲谱，虽然海盐有人会唱骚子，但骚子不等于海盐腔。这对寻找海盐腔注定是一种打击。但事物总会发生变化。我至今也无法判断是出于什么原因，当地一些关心海盐腔的人士认为我对海盐腔很有兴趣，于是不断地与我交流海盐腔。其实我对海盐腔一直很无知，有兴趣只是一种说法，除此之外不能说明什么。热心人还专门送来了多年来研究海盐腔的资料，同时提供了一切可以寻找海盐腔的线索。我佩服他们的热情，更佩服他们这种保护非物质文化遗产的意识。也许我们所处的正是寻找海盐腔的时代。

研究资料显示，20 世纪 80 年代初，江西广昌刘家孟戏中发现了海盐腔的遗韵。据考证，广昌刘家孟戏是明代宜黄班遗传下来的腔调，宜黄班唱的是海盐腔，刘家孟戏由宜黄班艺人宋子明所教，从此海盐腔扎根于刘家孟戏，而且年年演出、代代相传，并保持了直线传递。据专家考证，在孟戏中获得海盐

古往今来只如此淡妆濃抹總相宜

腔的曲牌六十余种。当然，由于孟戏高腔已流传甚久，其唱腔自然发生了许多变化，这也是事物发展的必然规律，但至少是找到了海盐腔。在此，我们不妨称之为江西海盐腔。另据专家考证，汤显祖所写的《牡丹亭》是标准的海盐腔剧本。《牡丹亭》于明万历二十六年（1598）诞生，至今已有四百多年历史，后来虽然被不断地改编成昆剧、京剧，但古本《牡丹亭》中有许多海盐方言，是正宗的海盐腔。

考察海宁皮影戏的发展发现，其不仅吸收了海盐腔的唱腔，而且把海盐腔保留到了今天。在南宋时期，海盐至盐官一带盐场林立，盐业兴旺，桑麻遍地，物产富饶，人文荟萃。当时在众多南渡移民中，有一批河南睢阳（今商丘辖区）地区的皮影戏艺人，而后散居在京城临安近郊的盐官县（今属海宁市）。南北文化的碰撞，形成了独特的南宋皮影戏。由于北方皮影戏唱腔到了南方当地人难以听懂，所以在唱腔上进行了一场重大改革，吸收了弋阳腔和海盐腔为其所用。因此，后来的海宁皮影戏既有唱弋阳腔的，也有唱海盐腔的，只是因地域的不同而形成不同的偏爱。在 19—20 世纪，海宁长安以西至杭州的皮影戏班善唱弋阳腔，海宁斜桥以东的路仲、庆云、丁桥等地善唱海盐腔，两者的中间地带则弋阳腔、海盐腔两腔并唱。尽管历史经历了几个世纪，但海宁皮影戏仍然生长在江南的沃土之中，其背后的海盐腔也在老艺人的口中代代传唱。荣幸的是，2007 年 6 月 5 日这一天，我在海宁皮影戏老艺人沈胜标家中亲耳聆听了两段皮影戏中的海盐腔，一段是《渔家傲》，另一段是《酒色财气》。据沈胜标老艺人介绍，海宁皮影戏是师徒相传，其唱腔不管是海盐腔还是弋阳腔始终未变。也许，海宁皮影戏中的海盐腔仅是众多海盐腔曲牌中的一部分，但这已经让我们找到了海盐腔的根脉。

海盐民间艺人所唱的骚子历史悠久，现已被列入浙江省非物质文化遗产名录。通过分析发现，海盐骚子的唱腔大致可分三种类型：第一类为“腔”，有盐腔、长腔、短腔、急板腔等；第二类为“调”，有汤调、拜愿调、巡盐游湖调等；第三类为“曲”，有杂曲（民间小调）。通过比对发现，海盐骚子唱腔有好多与海盐腔无异，如：海盐骚子演唱时无管弦伴奏，只有锣、鼓一类打击乐器伴奏，唱腔中间的夹白、帮腔等都和海盐腔相似。于是，我们就有了一种判断，在昆腔盛行时，海盐腔虽然逐渐消失了，但当时有一部分海盐腔艺人“下海”与当地的骚子先生结合在一起，参与民间祭祀、婚庆等活动，他们所唱的曲调必定带有海盐腔的韵味，也就在海盐骚子中留下了海盐腔的遗音。

虽然海盐腔已离我们非常久远，但从对文献资料的研究、专家的请教及老艺人的走访来看，海盐腔又离我们越来越近。在江西海盐腔中已发掘的海盐腔曲牌有六十多种，在海宁皮影戏中演唱的海盐腔也有二十多种，在骚子中更有大量海盐腔遗音。从对这些资料的研究中我们还可以发现，海盐腔最起码有这样一些特点：一是海盐腔“杂白混唱”，也就是曲牌唱腔中有一种念白；二是海盐腔的舞台语言是海盐官话，当然海盐官话是一种什么形式还有待考证；三是海盐腔曲牌的结构形式为定律曲牌，即“词有定律”“腔有定格”，词家依定律填词，唱家依定腔歌唱；四是海盐腔的唱腔与海塘盐工曲有关，海盐腔的前身是盐工号子和盐曲小调，因此在唱腔上具有“唉呀、喔呀”

等盐民习俗的演唱特征；五是海盐腔的伴奏有自己的特点，在乐器选配上主要有笛子、二胡、阮、唢呐、打击乐器等，而且笛子全闷作6（拉调）。

寻找海盐腔或许是出于热情，但更是历史赋予我们的一种责任。寻找海盐腔的最好办法其实就是排演海盐腔，据此，我们组织人员排演了《牡丹亭》中的海盐腔唱段“姹紫嫣红开遍”、皮影戏中的海盐腔唱段“渔家傲”等曲目。实验性的演出，让海盐民众有机会耳闻目睹了历史上曾经风靡一时的海盐腔。通过努力寻找，海盐腔于2009年6月列入第三批浙江省非物质文化遗产名录传统戏剧类。

2010年6月10日

探访白腊礁

“石帆蜃气”是南北湖海上六景之一，石帆就是源亭外面海上的一座礁石，正式名称叫白腊礁，当地人也称石牌。

宋《澉水志》对石帆有记载：“潮生帆不为减，潮退帆不为增，月霁则吐蚌珠，阴晦则曜神火，舟触必碎，人莫能涉。”说明这座礁石年代久远，而且坚固难撼，在月霁及阴晦天气时还会出现奇观，也就是海市蜃楼。在南北湖围垦之前，站在潮源之地向海面望去，确实能看到一座褐色的石礁，潮涨之时隐隐约约，潮退之时倒是明显，称它为石帆，是因为远观就像一艘行驶中的帆船。海鸟经常在礁上栖息，留下大量鸟粪，把礁石染成白色，由此又得名“白腊礁”。从海岸边望去，这是一座很小的礁石，离海岸超过两公里，人上礁的可能性几乎没有，只有《南北湖志》有一则记述：1949 年 10 月 24 日，中国人民解放军二十三军六十七师某部，在海训时遇险落水，攀上白腊礁暂避。之后就在礁石上建了航标灯，为过往船只导航。

自从南北湖围垦后，白腊礁反而不见了，依然从潮源之地向外望去，只有遍野的芦苇和加拿大一枝黄花在随风曼舞，既看不到踪迹，也找不到方向。是不是早已被泥沙淹没，让人心生疑团。好在找到了熟悉当地环境的朱雪华老师，据他说是能够找到白腊礁的，而且有一条密道可以走到白腊礁之前。朱雪华是澉浦中学的退休教师，闲下来一直在寻访澉浦的古迹，为了探寻接近白腊礁的路，在芦苇荡中摸索了许多次，最终才找到一条七转八弯的小路。如果从新筑的海塘向内看，其实很容易看到白腊礁的位置，但在海塘与白腊礁之间是一片很大的水面，没有路可以涉足，在芦苇荡中几乎无路可走，但朱雪华老师还是信心满满，言之凿凿，说是肯定能够找到。跟着他在芦苇荡中七转八回，有的地方似乎有行人走过的痕迹，但走着走着路就断了，眼前只有一个水塘，到这里的人显然只是为了捕鱼。根据他的记忆，有一条路是能够通到白腊礁的，而且之前还做过记号，但蔓生的芦苇和蒿草经常在改变大地的容颜，没路的地方走的人多了自然就有了路，有过的路长期无人行走也会荒废，有痕迹的地方显然经常有人在走，但通向白腊礁的路确实已缺少痕迹。经过摸索前行，白腊礁终于出现在眼前，但前面的水塘挡住了脚步，真是到了路尽水阻无计施的地步。这是一种探险的感觉，虽然历尽曲折，但过程刺激，而人往往是不到黄河不死心的，既然已经接近了白腊礁，哪有不达目的半途而废的道理。同行的人有的找路，有的干脆自己开路。路还真是有的，只是留下的足迹有点久远，最起码今年没有人来过这里，曾经的路早已被芦苇和蓬草的枯枝所阻挡，让此行更费周折。当所有的阻挡都卸去之时，意识到自己已经成为少数到达白腊礁的人之一，平添了一丝成功的窃喜。

白腊礁

眼前就是一座石墙，高出水面约四米，称之为石牌倒也确切，长约三十米，宽约四米。《南北湖志》的记述与实际体量不太相符，大概之前是无法上礁测量，只能做主观的估算。曾经浸泡在海水中的礁石光滑如肌，水滴石穿的力量把坚硬的磐石打磨出太湖石的效果，但这座礁石属于黄石，与海盐大部分山石同属一种类型，虽然经历了岁月的长期冲刷，依然立于海中不倒。

攀上白腊礁不太容易，高耸的岩石如刀削斧砍一般，基本没有着力点，只在西侧有一个小缺口，用手死劲抓住突出的石角，抵着缺口才终于爬上礁顶，就如攀岩，需要力量与技巧的完美结合。朱雪华老师虽然之前已经探访过白腊礁，但他说从来没有登上过此礁。在礁石的上面筑有两个属于不同年代的航标灯塔。早建的这个灯塔在东侧的最高位置，用青砖砌成，圆形，高约两米，应该为新中国成立初期所建。后建的这个灯塔用黄砖砌成，正方形，内部修筑了通向塔顶的梯子，高约四米，外墙贴了白色瓷砖，地面刻有“白腊礁灯塔，建于1998-4-22”的文字，建设单位为长元公司。礁石上几乎没有泥土，也没有鸟粪，但仍然有几棵低矮的构树抓着石缝顽强地生长，几枝蒿草也开始长出新叶。植物的生命力就是如此顽强，只要接受到一点水汽就能生根发芽。

站在白腊礁上眺望，除了近处的水塘，远处是新围垦的土地，只是还来不及开垦和建设，枯败的芦花随风飘扬，新生的加拿大一枝黄花和芦苇正在枯枝下面争抢阳光，春天在催动生命的同时，再一次将这座古老的白腊礁包围。

2019 年 4 月 10 日

一台收音机

拥有一台收音机是我少年时代最大的梦想。

第一次看到收音机是在童年时代。春节时父亲带我走亲戚，姑妈家里居然有一台收音机，这让我感到十分惊奇。姑妈家生活条件很一般，三间房子很小，姑妈和姑父看起来有点年迈，唯一的一个儿子已三十多岁还没找着对象，皮肤黑黑的，似乎身体也不太好。或许家中没有小孩子太安静了，有了一台收音机就会增添许多热闹。看到了收音机，我的小手就不安分起来，把两个旋钮这个拧拧那个拧拧，但一点反应也没有。姑妈看到我在玩收音机，感觉有点紧张，似乎想要阻止我。我看她已经张开嘴巴了，但没有叫出声音来。看得出来，这是他们家的贵重物品，平时都是用一块布盖起来的，现在一个小孩突然想玩，一不小心弄坏了怎么办，自然有点担心。但姑妈终究没有阻止我，反倒走过来插上电源，并告诉我一个旋钮是开关，另一个旋钮是调电台的，估计因我是侄儿的身份，受到的待遇就是不一样。打开收音机，里面的几根灯管马上就亮了起来，让我很好奇，后来才知道，这是电子管收音机。过了一会儿，喇叭中发出了播报新闻的声音，重新调了一下电台，还有唱样板戏的，但能收到的电台只有两三个。因为姑妈家有收音机，每年春节走亲戚时我总想去她家。

拥有一台收音机，在很长时间里成为我的一个梦想，但家里是不会有钱去买的。1980 年我考上了中专，到了外地读书。星期天上街的时候，看到商店里摆放着大小不同的收音机，又一次激起了买收音机的愿望，但家里给的钱除了买车票和交书费，余下的已经不多，根本没有能力买收音机。班里有一个同学则自己装了一台收音机，虽然没有外壳，但照样能收到电台，中午休息时就去他的宿舍听歌曲聊天，心里想的却是自己也要买一台收音机。学校有助学金，只够吃饭，吃饭不用交钱，但也拿不到钱，零花钱只能向父母要，买台收音机需要几十元钱，那是肯定没有的。在学校读书，只会花钱，也挣不到钱，唯一的希望是等放了假回家去挣钱。20 世纪 70 年代末，中国开始实行改革开放，但海盐直到 1982 年才开始实行土地承包责任制，当时社队企业还不多，放假后回到家里也没地方打工，想挣钱只能自己想办法。好在农村自然资源丰富，寒假里可以捕黄鼠狼，暑假里可以抓甲鱼，只要能抓到都可以换钱，但这都要凭运气。我的运气还不错，两个假期挣了十多元钱，学年末又获得了十元奖学金，加起来终于买了一台收音机。空闲时在宿舍里听听歌曲和音乐，读书虽然很单调，生活却很快乐。等到毕业参加工作，外面的世界发生了很大的变化，收音机已经不稀罕了，社会上流行起收录机。当然单位里有电视机，如果喜欢，吃过晚饭可以去看电视，但我还是更喜欢收录机。工作

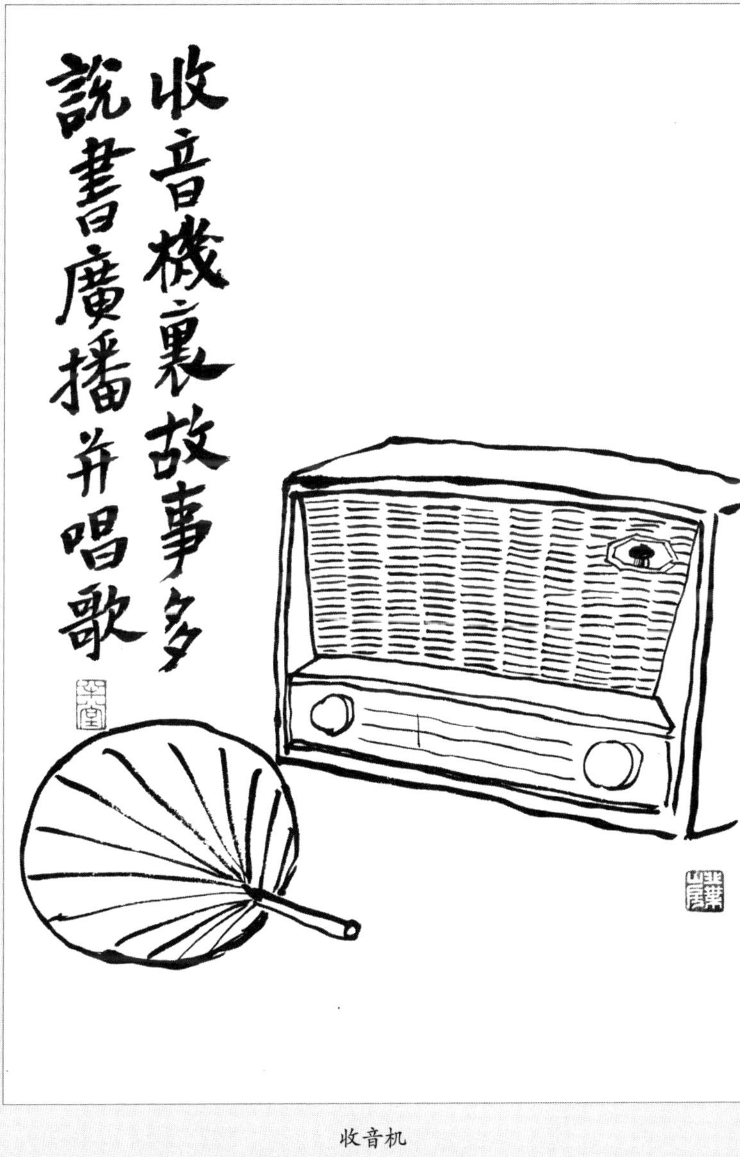

收音机

后领到了工资，与穷学生相比确实不一样了，但刚参加工作需要添置许多生活用品，每个月三十多元的工资总是捉襟见肘，差不多过去半年多，才感觉到不需要再添置生活用品了，有了一点余钱，经常到书店买几本书，更想买一台收录机了，但收入与需求相距很远，只能当作梦想。到了年底，单位发了二百元奖金，这让我有点意外，也有点惊喜，这差不多是半年的工资了，再积攒一年就能实现自己的梦想了。有了目标，第二年就开始过节衣缩食的生活，能不花的钱尽量不花。到了年底隔壁服装厂里有几个人要去上海，就跟他们说帮我在商场看一下，买台收录机大概需要多少钱，结果他们从上海打来电话告诉我：有亲戚在上海无线电二厂工作，生产的红灯牌收录机很好，想要的话可以直接带回来。虽然钱还没付，但过了两天真的把收录机买回来了。过了几年，觉得收录机的音效不够好，又升级买了音响，休息时一边看书一边听音乐。到了 90 年代，电视机也普及了，听新闻变成看新闻，收音机已经可有可无了。

1995 年去西藏那曲参加援藏工作，单位里专门送了我一台收音机，体积很小，功能却很多，有中波、短波和调频等功能，但此时对收音机已没有多大兴趣，虽然带在身边，却觉得在行李箱中多占了空间。等来到那曲才发现，当地没有电，更不用说电视机了，夜幕降临时，除了黑暗就是寂寞，再加上缺氧，连看书也累，这时才想起行李箱中还有一台收音机，拿出来打开开关，空中马上传来了声音，虽然看不到说话的人，但还是能感受到有人在陪伴。原来人是很怕孤独的，特别是夜晚的孤独，在一个举目无亲又人生地不熟的地方，最需要的就是听到同类的声音。好在单位的领导早有预料，临行时送我收音机，让空中的声音陪伴我度过漫漫长夜，而此时似乎也明白了，姑妈家为什么要买一台收音机。现在时代又不一样了，几乎每个人都有手机，而且功能如此强大，除了最基本的通话功能，还可以看视频、发微信、看新闻、刷抖音，有了手机就连通了全世界，这完全得益于改革开放带来的经济社会发展和科技进步。

2021 年 4 月 26 日

爬山拔野笋

我一直不太喜欢爬山，总以为爬山既费力又缺少收获。如果是为了锻炼身体，现在有太多的方式，打球、跑步、走路都可以，更何况小区里还建了众多的健身设施。但我又突然喜欢上爬山了，爬山可以认识许多新奇的植物，甚至可以拔野笋。

说起喜欢上爬山，完全是受陈双虎先生的影响。相互见面时，他总会随意提起在某座山上发现了一种新的植物，听得我心里发痒。他知道我喜欢植物，故意吊我胃口，不过他也经常约我一起爬山。有一次他约我爬澉浦的青山，在半山腰艳遇了桔梗，虽然未及开花，但我一眼就认出来了，让他不能小瞧我这个队友。还有一次约我到黄湾爬山，他特地请了当地一名采草药的人做向导，让我学到了许多植物生长的知识，还辨识了多种新的植物。正是他的故意引诱，让我对爬山产生了兴趣，甚至还想把海盐境内的山都爬一遍。或许，人只有到了一定的境界才会乐水乐山，孔子说过："知者乐水，仁者乐山。"爬山让人踏上一个新的高度，明朝人徐霞客可能是最具代表性的人

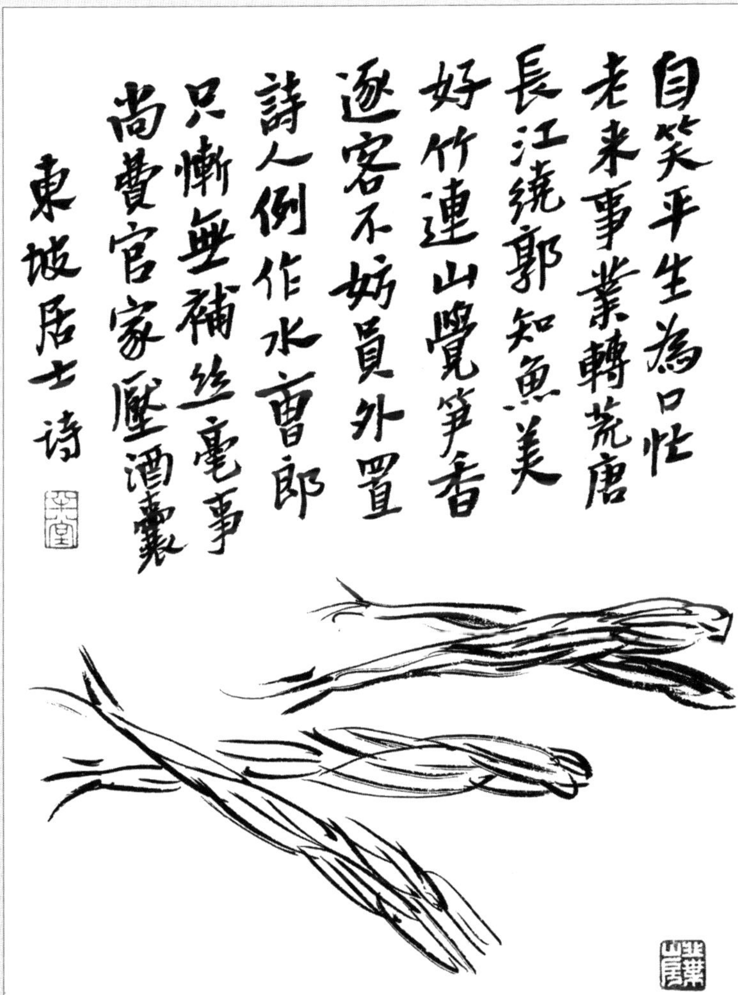
自笑平生為口忙
老来事業轉荒唐
長江繞郭知魚美
好竹連山覺笋香
逐客不妨員外置
詩人例作水曹郎
只慚無補絲毫事
尚費官家壓酒囊
東坡居士詩

笋

物了，他放弃仕途而寄情山水，游遍名山大川，还写出了《徐霞客游记》这样的传世巨著，只是后人再也没有超过这样的境界。

海盐境内的山都不高，最高的山是高阳山，主峰也只有二百五十一点六米。山上的经济植物不多，大多是一些次生林木，在低坡上有一些茶叶、毛竹和果树等，但有一个现象很特别，几乎每座山上都有成片的野竹，果然是“野竹何修修，森然满山麓”。这些竹子茂密修长，高一至三米左右。在爬青山时就在半山腰遇到过这样的竹林，地面还长满带刺的蔷薇科植物，慢条斯理，张牙舞爪，让人进退两难，还不知道前方能否找到出路。在竹林中钻来钻去，一不小心就被带刺的藤蔓钩住，衣服钩破，手臂出血，好在不远处出现了一道曾经有人走过的痕迹，看来在某个时段是有人上山的。山上甚至还残留着一张破网，这可不是渔网，是以前有人在山上捕鸟的网，只是现在禁止捕鸟了，山道也慢慢被杂草和竹子掩埋。有一次爬丰山，发现丰山的东坡全是野竹林，竹林下面有众多相通的狭路，看样子这座山经常有人光顾。回到家里与妻子说起爬山时遭遇野竹林的麻烦，她却很开心，而且说者无心听者有意，她说春天可以上山拔野笋了。

清明刚过，草长莺飞，树木早已换上了新绿，妻子突然说：你上次说山上有野竹林，休息日带我去拔野笋吧。这是一个不错的主意，既可以爬山，还可以带点山珍回家。来到丰山，钻进竹林，没发现近日有人上山的痕迹，笋芽已经从地面悄然顶出，只是还早了点，未及长高，让人有点失望。爬到山顶，突然看见了一片长高的竹笋，有拇指那么粗细，形态却与山下的完全不同，原来这里生长着不同品种的野竹，赶紧挑选粗壮的野笋，用手一掰就拔出来了。原以为这些野竹都是一样的，其实有多个品种，外行人确实很难区分。在海盐的山上通常有箭竹、麻竹、乌竹、苦竹和水竹等多种野竹，现在可好，竹笋已经长出来，让人看清了这个秘密。

爬了一次山，收获了一袋野笋。回到家里，妻子用刀在笋尖处斜削一刀，再在笋壳上削一刀，用手指一卷，笋壳就剥去了，原来剥笋也有技巧。用新鲜的野山笋炒咸菜，果真是一道鲜美的佳肴。这个季节如果去南北湖的小餐馆吃饭，餐馆老板准会推荐这道菜，这是一道时令山珍，所用的关键食材就是当地山上的野笋。以前不知道附近山上长着成片野笋，现在拔得野笋归，在家里同样做出了山珍，味道鲜爽清香，下饭佐酒都是黄金搭档。吃不完的野笋，放在锅中煮熟，再用盐腌制，脱去水分就变成了笋干，可以放在冰箱中储存，日后在煮鸡、煮鸭和烧肉时放一点，会让这些食物变得更香、更鲜。

春笋在菜场里容易买到，其美味也为历代文人称颂，苏东坡说：“无肉令人瘦，无竹令人俗。”你看，大俗配大雅，居然如此美味，真是天作之合。李渔对笋的评价是：“此蔬食中第一品也，肥羊嫩豕，何足比肩！”野笋在菜场里鲜见，味道却更胜一筹，用画家吴昌硕的话来说就是：“客中常有八珍尝，哪及山家野笋香。”在童年时代吃过的青笋干，大概就是野笋所做，一根小小的笋干压扁后卷起来装在竹笼中，表面挂着盐花，却十分精致。父亲喜欢把它与肉丝放在一起炖熟，然后冲一碗汤，吃饭时有这碗汤总是让我胃口大开，而这种味道也是至今难忘，但当时想象不出哪里来这么多小笋，而且一定要用这么小的笋做笋干，原来只有这些小笋做的笋干，才有带着野性的鲜香味。现在竟然亲手拔到了野笋，还吃出了山珍的味道，幸甚至哉！

2018 年 4 月 28 日

捉　鱼

春天里，正是捉鱼的好季节。

村里人说的捉鱼是一种笼统的叫法，包括捉逆水鲫鱼、张网、扳鱼、挟鱼、叉鱼、摸鱼、钓鱼等等，一个“捉”字与“捕”字产生了严格的区别，捉鱼就是农民抓几条鱼吃吃，捕鱼则是渔业生产。春天一到，天气变暖，河里的鱼开始活跃起来，这是捉鱼的好季节。老家的北边就是大横港——一条宽大的河流，从沈荡一直通到王店，河的两边有许多支流和河浜，河里鱼虾众多，在不同的季节，用不同的方法和工具都能捉到鱼。

村里的人都喜欢捉鱼，在河边走一圈，到处都是捉鱼的网，有时还会碰到捉鱼的人。星期天回家看望父母，与父亲漫无目的地说着话，突然，父亲说：“我要去捉鱼了。”前不久父亲还住在医院里，出院后虽然身体已无大碍，但毕竟年岁已高，走起路来摇摇晃晃，这时却想到了捉鱼，不知是触动了哪根神经。不一会儿就七找八找找出了去年用过的渔网整理起来，还告诉我去年捉到了许多鲫鱼。在春暖花开之时回家，父亲总是告诉我他在河里养着鱼，等会拿几条回去。这时母亲在一旁显得十分紧张，一个走路都不稳的人，怎么可以到河边去捉鱼，但我也没有办法阻止，父亲一想到捉鱼就精神大振，如果阻止他出去，他心里肯定不乐意，但如果放任他妄为，确实太危险。母亲一直看着我，意思就是让我出面阻止，但我还是说让他去吧。其实我也喜欢捉鱼，在童年时代就跟着年长的人学习捉鱼，现在每次回家总要在大横港边走一走，看看鱼闹出的水花，或者看看有没有人在捉鱼。历史上大横港里鱼多是出了名的，那时在河的两边及河浜中有许多湖羊草，运输红砖的轮拖在河中开过，常有鱼受到惊吓而跃到水草上面。

春天是多种鱼产卵的季节，特别是鲫鱼常在水草中产卵而弄出啪啪的声音。捉鱼的人把渔网张在水草的下面，第二天早上就能收获不少。也有人大清早就拿着一把鱼叉守在岸边，看到鲫鱼在水草中产卵时就用力叉过去，一个早晨竟能捉到一串鲫鱼。

如果赶上下雨，那更是捉鱼的好机会。农田中的积水沿着沟渠流入河中，鲫鱼会逆水上游，游到沟渠中的鲫鱼贴着沟边休息，人轻轻地沿着沟渠巡走可一目了然。如果走到河边，还可以看到鲫鱼逆水上游的精彩场面，尾巴激烈地摆动，发出啪啪的响声，突然一跃而上，这就是逆水鲫鱼。捉逆水鲫鱼是童年时最早学会的本领。春天里晚上下了雨，一清早就拿着网往河边跑，在沟渠的末端拦上网，再走到上面向下赶鱼，如果有鱼，鱼就会全部钻到网里。在上学时，脑子里也想着捉鱼的事，人虽然坐在教室里，心却在河边，一到放学就脱了鞋子赤脚往河边跑，一到河边就沿着沟渠从下往上用手摸鱼，往往能捉到

捉　鱼

不少鲫鱼。我家的东边就是农田，有一条通向大横港的沟渠，在春季只要下雨，经常有逆水鲫鱼，村里的人常常会搬只凳子坐在河边守着，等到有好多鱼抢上来了就开始捉鱼。有一次看到一群人守在河边，看样子已有许多鱼抢上来了。当我走到田边一看，刚好有一条大鲫鱼上来，这时的鱼已消耗了许多体力，我顺手一抓就捉在手里，为了防止被别人看到，直接就装在裤袋里。一会儿大家开始捉鱼了，他们不断寻找这条大鲫鱼，但始终不见，而我却站在一边笑，他们这才意识到这条鱼早已被人捉去了。

在农村，捉鱼的方法很多，最简单的是买一只挟网绑在两根竹竿上，在河滩边一甩，用两边的竹竿在水中一敲，提起来就能捉到鱼。想吃鱼时，临时到河边甩几网就有。钓鱼又是一种常用的捉鱼方法。冬春季节，许多人经常在向阳的河边钓鱼，方法非常简单，买来鱼钩和鱼线绑在竹竿上，在湖羊草上打个筒，钩子装上小虾，不停地提拉就可以了。钓上来的都是小白条，一不小心还会钓上大鲤鱼。白条肉质细腻，放点盐齑菜煮，真是鲜美无比。清明前后，村里就开始养湖羊草了，这时钓白条的人就更多了，拿一杆铜牌钓，坐在养湖羊草的船里，随便在白水中提拉鱼竿，突然之间就有一条鱼咬住了钩子，那种感觉总是让人惊喜却又难忘。

父亲理好了渔网就准备放到河里去了，母亲更是急得不行。但很多人对捉鱼的乐趣总是难以割舍，看着父亲高兴，我不忍阻止，就说："我陪他去吧。"来到河边，父亲小心地把十几张渔网藏到水草下面，这样鱼就会自己钻到网里，每天早晨捞出来检查一次，如果运气好，每次都有收获。过程非常简单，也没有多大的危险，需要关照的是，让母亲每次都陪同父亲去查鱼。几天后回家，父亲告诉我已经抓到鱼了，喜悦之情更是溢于言表，这或许就是春天赠予他的渔乐。

村里人都喜欢捉鱼，每次回家总看到有人在钓鱼，自己也喜欢参与其中，只是现在想钓到鱼有较大的困难。大横港里虽然鱼多，但过往的大船也多，卷起的浪花总是打破宁静。小河浜里比较安宁，但总有人在电鱼，仔细查看，常有一些小鱼死在水中，这就是电鱼留下的证据。可能还不死心，但在河边钓半天，最后还是两手空空。经过多次失败，似乎对钓鱼这事有点灰心了，每次只能在河边走走看看，感受一下水中散发出来的鲜腥味，聆听一下鱼儿的嬉闹声，回忆一下童年在河边捉鱼的往事。

其实在农村捉鱼的方法很土，但很实用，在夏天常有人用放麦弓的办法捉草鱼，还有放钩子钓甲鱼和黑鱼的，秋冬季节在湖羊草中钓白条，一年四季用不同的方法。在江南水乡，捉鱼既是农民的业余爱好，也是农耕生活的一种乐趣，真是鱼米之乡的美好生活。

2019 年 4 月 10 日

酿一壶酒香

父亲从来不喝酒，却会酿甜酒。

夏天的时候，父亲常把当天吃不完的剩饭做成酒酿。先把酒药磨成粉，再与米饭拌在一起，放在钵头中，中间掏一个孔，上面再洒一层酒药，做好后放在竹篮里，盖一层纱布挂在厢房中。经过一夜的发酵，第二天早上满屋飘散着酒香，勾人的香味吊足人胃口，忍不住时就揭开纱布看一下是否已熟。酒酿需要经过一昼夜的发酵才成熟，前一天中午做的酒酿，到第二天下午就可以吃了。酒酿自然带着酒味，而且香甜酥软，小孩贪吃，一不小心就会吃得头晕脸红。

酿酒必须用到酒曲，农村人把酒曲称作酒药，经常在夏天自己制作。在米粉中拌入酒药草的汁水，做成汤圆大小的圆子，外面蘸上曲种，经发酵后晒干。房前屋后种了许多酒药草，其学名叫马鞭草，因花穗形似马鞭而得名。其实可以做酒药的草在农村是很多的，红蓼就是常见的一种，但人们还是喜欢用马鞭草，大概用此草做成的酒药所酿的酒特别香甜之故。

酿一壶酒香

到了冬天，父亲就开始酿酒，虽然自己不喝酒，但春节期间招待客人需要酒。在江南农村，农人有习惯，喜欢在冬季自酿甜酒，时间大多在春节之前一个月左右。拿出早就准备好的甜酒药和糯米，糯米需要浸泡十二个小时左右，然后蒸成饭，摊凉到不烫手时拌上酒药，倒入缸中压平，中间掏一个酒潭，缸口盖上用稻草编织的盖子，周围包上稻草，有时还要盖上棉被，经过一昼夜的发酵，缸底就有了一层米酒，两天后酒更多，三四天后兑入凉开水，再过两天甜酒就成熟了。乳白色的甜酒，散发着淡淡的酒香味和厚厚的甘甜味，还蕴含着千年的农耕味，端起来喝一口，满嘴的酒香裹着乡愁从舌尖流向咽喉。

表哥最喜欢喝酒，平时还喜欢说点大话，每年来做客时总觉得喝甜酒不过瘾，但我家除了甜酒，没有别的酒。有一年父亲在酿酒时突发奇想，让我到干爹家讨两斤土烧酒。干爹喜欢喝酒，每年总要自己做土烧酒。到了春节，表哥照例来走亲戚。到了吃饭时间，父亲让我把酒拿出来。我问：拿什么酒？父亲说：我们家还有什么酒，只有甜酒啊。可我心里不这么想，不是上次讨来了两斤土烧酒吗？但找了一下确实没有发现。给表哥倒上酒，父亲一边海阔天空地与他聊天，一边劝他喝酒。两碗酒下肚，表哥的酒胆就上来了，说我父亲没有口福，一个吃百家饭的人，居然不会喝酒，真是一种浪费。父亲与表哥都是泥瓦匠出身，年轻时经常一起在农村盖房子，平时有机会吃香的喝辣的，这在农村称为吃百家饭。表哥说：照理老舅是会喝酒的，我能喝酒最起码有老舅家的一半遗传，再说吃百家饭的人有的是喝酒的机会。但父亲确实从来不喝酒。又喝了两碗酒，表哥说："我好像有点醉了。"父亲一听，脸上闪过一丝微笑，才喝点甜米酒就说醉了，刚才还在说大话呢。但表哥确实有点异样，也不相信自己的酒量一下子退步了。后来我才知道，父亲把两斤土烧酒全部与甜酒酿在一起了，酿出来的酒喝起来还是甜酒的味道，但酒力已提升不少，这样的酒喝起来味道很甜，却是好落肚难转身。

家酿的甜酒是童年的美好回忆，也是农耕文化的古老传承，韵味悠悠，醇香绵长。

2018 年 12 月 28 日

澉浦出美食，羊肉最著名

澉浦出美食，羊肉最著名。一到立冬，澉浦的街上就飘出羊肉的香味。

澉浦是个历史名镇，宋元时期成为重要的贸易港口，历来人杰地灵的文化渊薮。与文化商贸活动相伴的还有美食文化，可谓名目繁多，味道独特，最出名的要数澉浦羊肉。

说起澉浦羊肉，必须提到杨梓这个人。杨梓是元代人，曾在澉浦担任杭州路总管，按照现在的话来讲就是海关关长，而杨家作为海运世家，擅长港口贸易。杨梓有一爱好，喜欢唱曲，在做官的同时，与朋友贯云石一起创制了海盐腔。同时还研究美食，据传澉浦红烧羊肉就是杨梓所创。

澉浦人冬季喜欢吃羊肉，这一习惯一直流传至今，许多年长的人一清早就到镇上的小餐馆吃羊肉早烧，点上一碗羊肉，或者羊脚、羊杂碎，再来一杯烧酒或者黄酒，喝着小酒聊着天，酒喝完了再叫碗面条，把羊肉汤倒在面中，面条也吃出羊肉的余味，这完全是一种小资生活。而冬季多吃羊肉确实带来许多

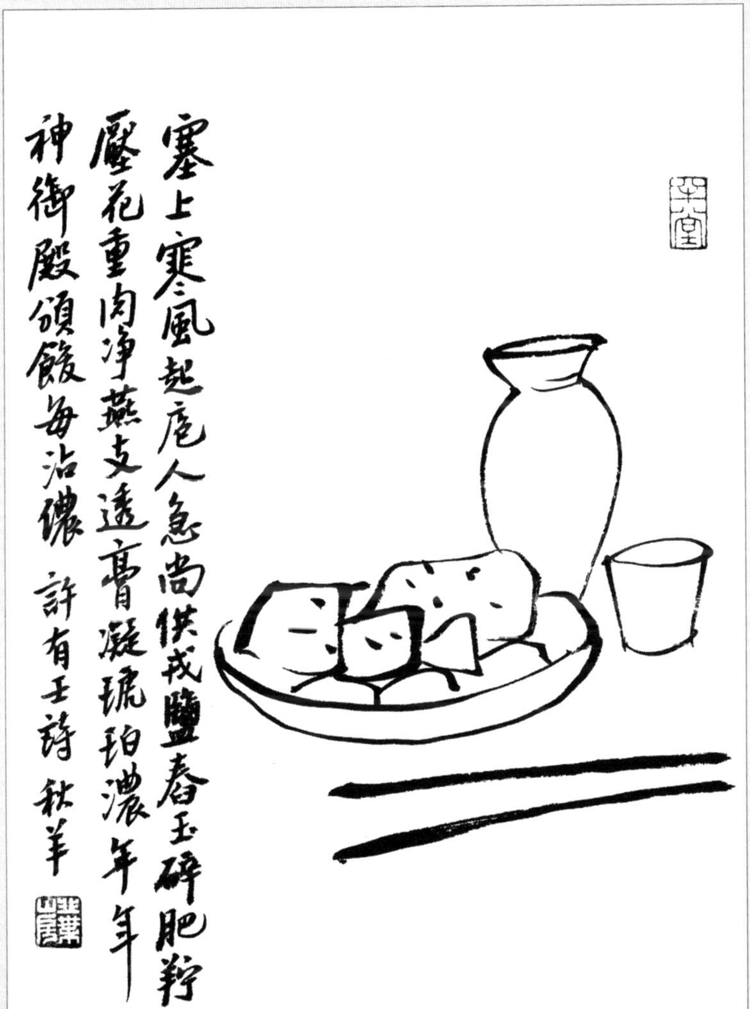

羊 肉

好处，据统计，目前澉浦的百岁老人有六位之多，居海盐全县之首，其中有一位吴姓老人今年已一百零五岁，依然隔三岔五去澉浦吃羊肉、灵市面，让人十分佩服。

冬季吃过羊肉的人都知道，白天吃了羊肉，晚上睡觉全身温暖。平时吃羊肉主要当作美食，其实在无意中也起到养生作用。羊肉入药，早在《本草经集注》中就有记载，这是南北朝梁代博物学家陶弘景在公元480—498年之间编著的一部“本草经”。据记载：羊肉性甘、温，入脾、肾二经，具有益气补虚、温中暖下和止惊安神的功效。中医认为脾主运化，运即转运输送，化即消化吸收，羊肉入脾经，具有补气的作用。肾主藏精，主水液、纳气，羊肉性温，入肾经，有暖肾补虚作用。冬季吃羊肉，既可以开胃健力，又可以温补气血，有利于促进血液循环，改善因阳气不足导致的手足不温、畏寒怕冷等症状，吃一餐羊肉，温暖一个寒夜。

澉浦人烹饪羊肉有许多讲究，除了加入去膻味的调料，还要加红枣、蜂蜜等。红枣味甘性温，归脾、胃经，有补中益气、养血安神、缓和药性的功能；蜂蜜味甘平，归肺、脾、大肠经，有补气益中、润肺止咳、润肠通便等功效。加入红枣、蜂蜜二物，不仅调和了羊肉的味道，还调和了羊肉的功能，达到温补而不上火、升阳而润燥的功效，这种调味经验正是基于长期实践的积累。

光说不吃没有用，某日约了几位好友一早来到澉浦体验羊肉早烧的味道。走进羊肉餐馆，店内早已人头攒动，喝酒、吃羊肉、讲空头，热闹非凡，仔细一看，大多是上了年纪的人，三五人围坐一桌，一边吃羊肉早烧，一边话东长西短，其乐融融，生活无忧。《内经》曰："阳气者，一日而主外，平旦人气生，日中而阳气隆，日西而阳气已虚。"中医养生讲究天人合一，活着时的寿命叫阳寿，只有养好阳气才能活下去。这些年长者跟着日出吃羊肉喝早烧，酒具有升散的力量，喝一碗酒把肝气打开，将羊肉的温补之气发散到全身，一整天精神饱满，冬天身体温暖。或许他们不一定知道为什么冬天吃羊肉好处多，但他们切身感受到吃羊肉给身体带来的好处。

你看，羊肉、羊杂碎、羊血汤、早烧都上来了，香甜的味道早已让人垂涎欲滴，享用一下澉浦的美食吧，把温暖带进冬天里，把乡愁留在记忆中。

2019 年 11 月 8 日

大横港的河蟹

大横港是海盐境内北部横贯东西的一条重要河流，东起沈荡镇，西至王店镇。大横港就在我家祖屋的后面，童年时代我常在河里游泳和抓鱼。这条河的河面很宽，河水清冽，在 20 世纪 70 年代时，除了鱼很多，河蟹也特别多。

河蟹俗称螃蟹，学名中华绒螯蟹，属于甲壳动物亚门爬行动物，它不光在河道中生活，还喜欢爬到水渠和农田中，所以抓河蟹的方法很多。第一次见到河蟹是在刚上小学时。早上刚出门，走到水渠边就看到一只大河蟹伏在草丛中，腿上长了很长的毛，初看以为长的是刺。看到这等横行霸道之辈我心生恐惧，还好母亲就在边上割稻，赶紧叫过来抓住。后来知道在水渠中经常有河蟹挖了洞钻在里面，上学的路上，眼睛专门盯着水渠看。洞口有一堆新挖出的泥土，还留着爪印，这就是河蟹的洞。有的洞比较浅，用手一掏就抓到了河蟹；有的洞比较深，就在洞口塞一把草，放学回来时掏出洞口的草，发现河蟹就在洞口，这时的河蟹早已昏昏沉沉，有时被闷的时间太长，河蟹

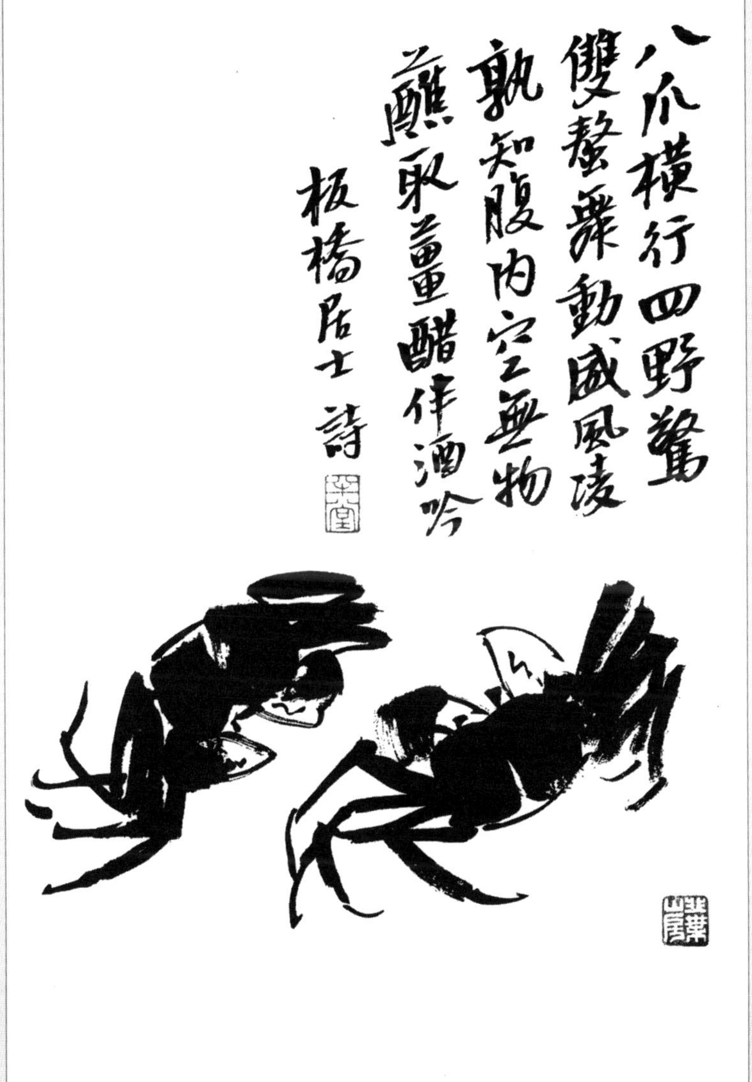

河　蟹

就死了。到了星期天就拿着铁锹挖河蟹，从稻田的排水沟到水渠中，只要看到有脚印的洞，都能挖到河蟹。

俗话说："秋风响，蟹脚痒。"到了刮西北风的季节，大量河蟹顺着沟渠往上爬，有的还来不及挖洞，直接伏在烂泥中。在芋艿田的水沟中，只要找到泥洞，用手一摸就是一只河蟹。这些河蟹都是从大横港中爬上来的，在河道中则更多，到了晚上，村里的人就在河边钓河蟹。所谓钓蟹其实很简单，抓几只蛤蟆剥了皮用线系住，另一头系在小棒上插在河边。大概蛤蟆的腥味特别重，一会儿河蟹就会爬过来吃食。钓蟹的人拿着手电不停地在河边巡查，看到了来吃食的河蟹就用网兜捞起来。河蟹是渔场养殖的，过去在河道中有许多鱼簖，特别是在不同渔场交界的地方，都有鱼簖隔开，渔民就在鱼簖上抓河蟹。鱼簖用竹链做成，中间有竹闸，船可以通行，一侧搭有小的阁楼，有人住在里面专门管理竹闸，有客轮或轮拖过来，在很远的地方就开始鸣叫，管闸的人把竹闸压到水下，让船缓慢通过。鱼簖的底下装有一个网袋，鱼游到这里受到阻拦就钻进了网袋里，管闸的人每天收一次鱼。到了秋天，性成熟的河蟹向河口与浅海交汇处的半咸水域洄游，到了鱼簖这个地方就被挡住了，爬着爬着就钻到网袋里去了，这时每天可以收获大量河蟹。

海盐地处钱塘江出海口，这里正是咸淡水交汇之处，江海中常有许多幼蟹，它们会逆流上溯至湖沼生长，在靠海或靠江的河道中常有河蟹生活。有一次听说围垦后的湿地中可以钓河蟹，特地买了猪肝赶去。到了河边一看，钓蟹的人很多，有的正在用网捞蟹，赶紧找个空当投饵，守了一个多小时没有动静，看样子这里的河蟹早已被钓得所剩无几了，但总有点不死心，钓不到河蟹就钓鱼。鱼倒是很多，都是小鳑鱼，但不一会儿就出现了意外的情况，好像钩上了树枝之类的杂物，提竿很沉，没有游动的感觉，好在还能往上拉，等到露出水面才发现竟然是一只河蟹，真是令人想不到，想钓河蟹钓不到，改成钓鱼了竟钓到了河蟹。接下来河蟹还连续上钩，有鱼有蟹收获不少。

上海人把河蟹称作“大闸蟹”，估摸着与过去渔民的捕蟹方式有点关系。过去渔场直接把蟹苗投放在河道中养殖，捕蟹主要在鱼簖处拦截。鱼簖也叫鱼栅，上面有一个闸，“栅”和“闸”在吴语方言中的发音很近，“大闸蟹”这个名称叫起来响亮，也受人欢迎。

河蟹非常鲜美，但吃河蟹非常麻烦。这等张牙舞爪之物，真让人无从下手，好在自童年起就抓蟹吃蟹，或多或少吃出了一点经验。清蒸河蟹原汁原味，最能吃出河蟹的鲜味，同时还要准备一份调料，用米醋、黄酒、生抽、姜末和少量红糖混合在一起蒸熟。河蟹性寒，用姜末、黄酒调味，不仅能去腥，还能去寒。吃河蟹时，先把脐掰开除去，这样就很容易掰开背壳了，然后剔除鳃、胃、肠和心，这些都是不能吃的，留下来的就都可以吃了。母蟹有蟹黄，金黄油亮，公蟹有蟹膏，乳白胶黏，蟹黄、蟹膏长在上面，将蟹身中间折断后可以直接蘸调料吃，也可以扒下来吃，这是最香甜美味的部分，也最受人喜爱。蟹身体部分的肉夹在骨头之间，许多人不会吃蟹，直接将其放在嘴里乱嚼一气，其实只要将蟹脚掰开，身体上的肉与骨头同时分出一片，拿着蟹脚在调料中蘸一下，吃起来十分方便。蟹脚和蟹螯中的肉味道最美，但吃起来最麻烦。秋天的蟹特别肥，想用嘴吸出来很困难，最简单的办法是把蟹脚一节一节掰断，然后用小的腿节插入大的腿节中，用力一顶肉就出来了，蟹螯中的肉只能咬碎后取出来。

为了方便吃蟹，古人专门发明了吃蟹的工具。明代有一个名叫漕书的人，最早发明了锤、刀、钳三件食蟹工具，后来逐渐发展到八件，人们称之为“蟹八件”，包括小方桌、腰圆锤、长柄斧、长柄叉、圆头剪、镊子、钎子、小匙。这是一套精细的工具，造型美观，光泽闪亮，精巧玲珑，使用方便，具有垫、敲、劈、叉、剪、夹、剔、盛等多种功能。食蟹分“文吃”和“武吃”。所谓“武吃”就是随意地吃、快意地吃。如果看一群人吃蟹，肯定是五花八门、花样百出。所谓“文吃”就是要用“蟹八件”等食蟹工具吃。吃蟹的人把蟹放在小方桌上，用圆头剪刀逐一剪下两只大螯和八只蟹脚，将腰圆锤对着蟹壳四周轻轻敲打一圈，再以长柄斧劈开背壳和肚脐，用剪刀剪去鳃、胃，用镊子除去肠和心，然后用钎、镊、叉、锤，或剔或夹或叉或敲，取出蟹黄或蟹膏，取出雪白鲜嫩的蟹肉。一件件工具轮番使用，一个个功能交替发挥，即使河蟹的结构再复杂，也能将蟹肉吃得干干净净。

现在的大横港，早已成为一条水上运输的黄金水道，河中的鱼簖已经全部拆除，渔民也已上岸，再也没有河蟹到处乱爬的场景，大横港的河蟹味道再美，也只能成为美好的记忆。

2020 年 12 月 18 日

吃在海盐

北纬三十度是一条神秘而又奇特的纬线，在这条线的附近有众多文明发祥地和世界奇观。在中国这是一条最美的风景走廊，海盐刚好是这条纬线上的一个节点，自然造化注定海盐是个神奇的地方。海盐有山但不高，有水不泛滥，有平原很肥沃，丰富的地貌成就了物华天宝之地，地下长的、地面生的、水里游的、地上走的，丰富的物产一年四季各不相同。一方水土养一方人，一方人民创造一方文化，江南的水养育了海盐人绵柔包容的性格，江南的物产养育了海盐人自然本味的饮食习惯，悠久的历史积淀了海盐丰富的饮食文化。

民以食为天，食以物为源。海盐人对于吃讲究顺其自然，以当地的物产为食物来源，在季节的变换中吃出精华，几百年来先人给后人留下了许多有关吃的经验。比如“正月螺蛳二月蚌”“春鲻夏鲈秋箬鳎”，用言简意赅的语言告诉我们：想要品尝这五种水产品的美味，需要选择不同的季节。先人对于吃在时间上把握得十分精准，季节不同，食材的品质往往有较大的变化。人在吃饱以后，往往追求吃好和吃出健康，于是学会了选择，并发展成美食文化。对于吃，海盐有丰富的民谚。“六月韭臭死狗”告诉人们：到了五六月份韭菜变得很臭，不好吃了，只有春天的韭菜才既香又甜，而最好吃的当然是春天第一次割下来的韭菜。“冬吃萝卜夏吃姜，不用医生开药方”告诉人们：萝卜在冬季是最好吃的，一开春萝卜就空心了，当然不好吃了。从养生学上说，冬天外面阴气最盛，而人却胃中烦热，萝卜是理气的，吃了容易放屁，对调理身体大有用处；夏天则刚好相反，外面阳气最盛，而人却胃中虚冷，很多人这时候容易腹泻，而生姜既可以升阳助阳，又具有温中祛寒的功效，此时吃上几片生姜，就能够顺应夏季阳气的升发。

菜以味为首，烹以简为上。海盐人吃菜追求原味，传统菜肴中调味品用得极少，做菜的方式也极其简单，这是一种返璞归真的境界，但需要依托优质食材的保障。海盐的食材历来丰富，农村饲养猪牛羊鸡鸭的历史悠久，这种散养的畜禽在自然环境下生长，虽然生长较慢，但绝对是优质食材和绿色食品。现代社会以集约化方式饲养的畜禽，虽然产量很高，但经常发生瘦肉精和抗生素污染之类的事件。海盐有众多河流，在农耕时代水质优良，有大量鱼虾出产，河虾用手都能摸到，大横港出产的河蟹既大又肥，再加上海产品的补充，河鲜海鲜品种极为丰富，小杂鱼一般是没人吃的，但现在已经当美食享用。用这样的原料做菜，当然是追求原汁原味了，白切鸡、清蒸鱼、清蒸河蟹、盐水虾、白水焐肉等等，海盐人喜欢用蒸煮的方式做菜，烹调简单，味道纯正，迄今为止仍受广大市民，尤其是吃货们的喜爱。蔬菜种类更是繁多，且四季不同。春天来临，光是地里的野菜就有好多种，马兰头、荠菜、枸杞头、香椿头，都散发着春天的气息。喜欢美食的人绝不肯放过这样的机会，经常看到一些人拎着小篮子，拿着剪刀，在房前屋后或田野里挑野菜。雨后春笋正是发生在这个季节的传奇，无论是出于平原的淡笋，还是长于山上的毛笋，海盐人都能做成不同形式的菜肴，腌笃鲜和油焖笋只不过是最传统的两种做法，当地人吃笋，从春笋到鞭笋再到冬笋，一年可以吃上三季。到了夏季，茄子、番茄、豆角、南瓜、葫芦，种在菜园里的，挂在树上的，到处都是。秋季不仅是一个收获的季节，也是秋播的季节，用新收的黄豆做出来的豆腐不仅色白，而且香味更浓。很多品种的蔬菜在秋季播种和收成，真是青菜萝卜各有所爱。冬季虽然寒冷，但用经过霜打的青菜做出来的菜肴味道更好。把刚洗净的青菜切成段，在油锅中一炒，放上盐烧熟，不用放水，也不用放调料，菜肴里散发出来的自然香味和淀粉转化过来的甜味，是最好的本色味道。农村人还习惯在做饭时蒸菜，蒸茄子、蒸萝卜、水花菜蒸笋等等。蒸菜制作简单，但味道独特，绝对算得上绿色食品，海盐人就是遵守这种化繁为简的法则，但绝不放过味觉的享受。

“海滨广斥，盐田相望”，这是海盐的县名由来，生产海盐是这里最古老的产业。盐是做菜的最基本调料，制盐业也影响了海盐的饮食文化。据史书记述，海盐生产的盐分为食用盐、农业用盐、酱盐等等。酱盐的税负相对要低一些，或许是受这种税赋结构的影响，海盐在近代历史上发展出一个制造酱油的重要产业，不仅在海盐本地有众多酱园，而且在上海有三分之一的酱园由海盐人开设经营。酱油则是传统烹饪中的重要调料。

正是由于受到这种历史的影响，海盐历来有腌肉、腌鱼、腌菜的习惯，腌制的食品不仅可以存放更长的时间，而且有特别的风味，同时影响了饮食文化的变迁。用咸肉煮春笋或用咸猪脚煮鲜猪脚称作“腌笃鲜”，这种做菜的方式在海盐广泛流传，不仅在民间盛行，而且这样做出来的菜成为餐馆的经典名菜。腌菜或许原本是为了防止新鲜蔬菜青黄不接，但到了今天，腌菜已被开发为风味独特的菜品，比如盐齑菜炒春笋、水花菜蒸黄鳝，这些菜都是海盐饮食文化的重要组成部分。海盐盛产酱油，自然也会影响到做菜的方式，就像做川菜习惯放辣椒、花椒一样，用酱油烧菜形成海盐独特的风格，由此，众多用酱油红烧的菜广为流传，红烧肉、红烧鱼、酱鸭等等，而澉浦红烧羊肉最享盛誉，据说这道菜还是海盐腔发明者杨梓所创造。

在人员流动日益加快的今天，吃的品种在海盐也变得更加丰富，除了传统佳肴，川菜馆、湘菜馆、农家乐等不同形式的美食坊密布在街头乡间，更多的口味在满足人们不同选择的同时，也更加丰富了海盐的美食文化。

2017 年 8 月 25 日

海盐的腌菜

腌菜在海盐由来已久。宋《澉水志》和明《海盐县志》中就有海盐种植芥、青菜、苋菜等记述。芥包括芥菜和芥菜疙瘩，芥菜疙瘩就是常说的大头菜，这两种菜通常是在腌制后再食用的。青菜除了新鲜食用之外，海盐人还喜欢把它腌成盐齑菜。嫩的苋菜，一般都炒着吃，苋菜梗则用一种特别的腌制方法制成霉苋菜。

腌菜是海盐的一种生活方式。特别是在农村，经常能看到堆放在房前屋后的缸和甏，大大小小，各式各样，这些便是腌菜的容器。缸口大底小，而且容积比较大，大多用于腌制水分多的菜，比如盐齑菜、芥菜、薹心菜等等。腌盐齑菜和芥菜，需要人站在缸里用脚踏，俗称踏菜。腌薹心菜虽然不用脚踏，但腌制的数量较大，也会选大一点的缸。以上这些菜都有一个特点，就是含水量大，腌制后会渗出大量汁水，选择口大的缸就非常适合。甏一般都是收口的，常用于腌制含水量小的菜，比如大头菜、团菜等等。口小便于密封，可以延长腌菜的保存期。

腌菜是一种海盐味道。在冰箱未普及之前，食品的保鲜是很困难的，腌制就是最原始的保存方法。腌肉、腌鱼、腌菜，都是流传于民间的腌制食品方法，在经历漫长岁月的积累发展后，形成了相对固定的传统，并成为一个地方的独特味道。虽然现在每个家庭都可以用冰箱保存食品，菜场里的新鲜蔬菜一年四季不断，但许多人还是难忘腌菜的味道，在农村仍然保持做腌菜的传统，在菜场里仍有专门卖腌菜的摊位。

在海盐，腌大头菜或许是最出名的腌菜。大头菜，又称芜菁、芥辣、芥菜疙瘩，是芥菜的一个变种，为根用芥菜，它质地紧密，水分少，纤维多，有强烈的芥辣味并稍带苦味。种植的地点主要在武原镇的东门村和城西乡的小曲村、大曲村，因此被分为东门大头菜和城西大头菜。采收后的鲜大头菜要经过削根、清洗、晾晒、破片和日晒等准备工序，晒至每片大头菜的边上皱起来时，开始上缸腌制，经一段时间腌制后，再把它翻出来团在甏里，封口后贮藏。腌制后的大头菜，味鲜爽口，芳香醇厚，风味独特。早上吃粥，配上几片生的大头菜正是好搭档，如果讲究一点，把大头菜切成丝，放点菜油蒸一下，味道更加芳香醇厚。大头菜是很有个性的食品，未经腌制做成菜，不仅有一定的芥辣味，而且容易烧酥，一经腌制，倒增加了包容的性格，可以与多种荤素菜搭配，无论是小炒还是放汤，都是开胃的佳肴。大头菜肉丝汤或许是最平常的一道家常菜了，作为海盐人，几乎无人不晓、无人不会，最简单的做法是先把大头菜丝和肉丝放在碗中干蒸，蒸熟后用开水冲汤即成。大道至简，这样做菜更能保持大头菜芳香醇厚的本色之味。无论是在家中，还是在饭店，大头菜做菜的方式多种多样，既可以切

大头菜

成丝与芹菜、香干搭配小炒，也可以烧肉，不同的做法只是代表了每个人的不同习惯，对大头菜的喜爱却是一样的。大头菜的挑选，海盐人有自己的讲究：一种被称作“土大头菜”的品种，色泽暗淡，但味道更加芳香醇厚，就像陈酿的老酒，喝起来不呛口，但酒力绵厚。新品种的大头菜，看上去色泽很鲜亮，就像刚出窑的瓷器，火气很重，食用时明显感觉到带有很重的芥辣味。

除了腌大头菜，海盐还有很多不同的腌菜，而且腌制的季节不同，出来的味道也不同，成为不同季节的佐餐佳肴。盐齑菜是在冬天腌制的，选用的原料是青菜，如果要讲究一点的话，就选菜梗白的青菜。这种菜棵大、梗长，腌制后色泽黄白，梗多叶少，吃起来爽口，与其他的菜搭配做炒菜样子也好看。以往腌盐齑菜主要是为了弥补冬季蔬菜的不足，就像北方在冬季储藏大白菜一样，但盐齑菜能提供的鲜味却是各个时代的人都难以忘却的。盐齑菜可以烧肉、烧鸡，也可以炒笋、炒新蚕豆等等，经过盐齑菜的调和，总是能收获意想不到的口感。薹心菜是在春天腌制的，选用的原料是青菜的薹心或者是晚菜的薹心。青菜到了春天开始起薹，摘下来腌成盐菜，味道鲜嫩，但不耐保存，所以习惯上较多选用晚菜的薹心。这种菜不仅菜薹长得多，而且纤维要多一些，腌制后比较耐储存。薹心菜腌制的季节，正是本地春笋开始上市的时节，薹心菜蒸春笋是一道典型的农家菜，吃到这道菜，每每食欲大开。薹心菜同样还可以烧肉，或者与其他多种荤素菜搭配蒸起来吃。以往虽然不能经常吃到大鱼大肉，薹心菜蒸笋、蒸新蚕豆、蒸土豆却是童年时代最难忘的记忆。刚吃上薹心菜，腌芥菜也该出场了。虽然腌芥菜与腌薹心菜的时间相距不远，但腌芥菜与腌盐齑菜、腌薹心菜相比，具有不同的风格，或许腌芥菜更加脆爽，做成盐鲜搭配的炒菜相当爽口，还有腌芥菜存放时间长了以后容易腐烂，这时却变成一种独特的味道，放点菜油蒸着吃，有一种与霉苋菜一样称作“肥”的味道。

海盐腌菜是农耕时代的产物，但它穿越历史、承载记忆，虽然营养学家们经常劝说要少吃腌制食品，但现实生活中人们却从来不肯放弃腌菜的味道。海盐域外之人或许并不能了解其中的缘由，但他们也在被这种味道吸引，而且专门取了一个名字叫“海盐咸菜”，这就是海盐腌菜的魅力，能够抓住每一个触碰它的味蕾。

2017 年 11 月 7 日

海盐的团子

做糯米团子是海盐农村的传统习俗。这种用糯米粉包着馅料蒸熟而成的食品，口感糯滑香软，美味可口。团子有白团子、青团子和扁团子等不同的种类，还分甜的、咸的、肉的、素的不同的馅料。

海盐种植水稻的历史悠久，是鱼米之乡，习惯以大米为主粮。明《海盐县图经》记述："江南之俗，火耕水耨，食鱼与稻。"海盐的禾之品有"早粳、中晚粳、晚粳、早糯、晚糯"。"江南火耕水耨"这句话出于西汉司马迁《史记·平准书》，讲的是古代原始农耕的一种方式，即用火烧开一片空地后播种，再引水入田淹没并闷死杂草，这正是水稻的种植方式。也许是每天只吃米饭过于单调，祖先们发明了一种称作团子的食品，不仅用来改变大米的食用方法，也成为人情往来的礼品和过节的重要象征，并作为海盐饮食文化的重要组成元素而流传久远。记述也告诉我们，历史上海盐种植的水稻品种很多，其中的糯稻就是做团子的主要原料。

团 子

团子，本质上就是一种食品，在乡下也称作粑粑。跟着母亲做粑粑是童年记忆最深的一部分。以前条件所限，都是用人工的方式在石磨上磨米粉。祖上传下来一对石磨，除了自家使用，邻居也经常来磨粉。磨粉是一件费力活，一个人转不过来，需要有另一个人帮着推磨，稍微长大一点我就开始学习推磨。磨出来的粉还要用筛子筛过，粗的粉要重新磨一遍，米粉磨得越细，做出来的团子越好吃。后来有了钢磨，磨粉的事变得十分简单，只要把准备好的糯米送到加工点，倒入机器一按开关，一会儿就完成任务了。做粑粑还要准备馅料，在农村一般都是就地取材，根据不同的季节选取不同的食材，当然也有常用的赤豆沙、蚕豆沙和黄豆粉做成的馅，有时候为了改换口味，会做萝卜丝馅、咸菜馅等等，在特殊的情况下，才会做肉馅。

在集体生产的年代，生产队一般只种晚糯，家里不是一年四季都有糯米，直到晚稻收割后才能分到糯米。小孩子是最喜欢吃粑粑的，有了糯米总是不停地问母亲什么时候做粑粑。母亲其实是很有安排的，不仅要满足孩子们的要求，而且要把糯米分配出不同的用途，年底打年糕需要用糯米，春节、清明节做团子，端午节裹粽子，都需要糯米。平时，母亲总会隔一段时间做一次团子，让我的等待逐步变成现实。做团子也是农村生活的实际需要，做体力活消耗大，在劳动的过程中经常把团子作为点心吃，团子成为一种补充能量的方便食品。

团子作为一种食品，能够久盛不衰，不仅在于舌尖上的享受，更在于民间文化的流传。团子的名称本身就是寓意的表达："团"就是期盼家人团圆，"团"也是团聚，期盼增进亲朋好友之间的感情。正因如此，做团子便具有了节庆文化和民间习俗的印记。从记事起就知道，到了年底，母亲必做的一件事情就是淘米、磨粉做团子，虽然年底已经打了许多年糕，但做团子仍然是必不可少的大事，而且这是一年中做得最多的一次，全家人围在一起做团子、蒸团子，呈现的正是家人团圆的景象。团子的形状一般有两种：一种是圆锥形的，直接用手工做就能成型；另一种是扁的，需要用印模压出来，这便有了许多与做团子有关的印模，有桃形的、叶形的和圆形的等等，各种各样的印模还刻有花纹或喜字，压出来的团子形态各异，也更具有观赏的乐趣。蒸熟后的团子，整整齐齐地摊在蚕匾中，趁热时要点上红色的喜字，以示节日的喜庆，还要及时用蒲扇不停地扇团子，以让团子冷却后更有光泽。

每年的清明节是一个做团子的重要节日，所不同的是清明节所做的团子俗称“青团子”。顾名思义，青团子的颜色就是青的，在揉米粉时需要加入草头的汁水，所以也叫草头团子。所谓草头，是对经常用来做青团子的几种草的通称，常用的有艾草、小蓟、鼠曲草等等。草头要先在石灰水中焯过，然后捣出汁水。清明团子是祭祖的重要用品，每年这个时候家家户户都会做，除此，吃青团子也是“尝春”，用舌尖品尝春天的味道。

送团子也是人情往来的重要习俗。在民间有掸“上梁团子”和吃“满月团子”的习惯。农村造房子，在上梁这一天，亲戚朋友都要送上两篮“上梁团子”，既表示祝贺，也表达亲朋之间的情义。在上梁时，木匠师傅还要在上面一边唱骚子一边掸团子，下面的人抢到团子觉得很吉利也很高兴。在农村还有一种习俗，姑娘出嫁后，在婆家住满一个月就要回娘家歇月，这时也要做一篮团子带回娘家。歇月满了，娘家要做两篮扁的团子一并随女儿送回去，并分到村里的各家各户。家里生了小孩，要做“满月团子”，现在时兴喝满月酒，以前称作吃“满月团子”，这是一种比较小的团子，汤圆大小，不放馅料，直接放在开水中煮熟吃。这一天，先要让上门的亲戚朋友吃一碗“满月团子”，分享小孩满月的快乐，还要向村里的家家户户送一碗“满月团子”，通过这种形式告诉乡邻，家里新添了人丁的信息。

做糯米团子，是最重要的童年记忆，也是久远的乡情。吃糯米团子，是最熟悉的家乡味道，也是对团圆的期盼。

2018 年 4 月 6 日

虫草炖鸭

星期天一早，朋友打来电话，说是有几根虫草，想请我过去做一锅虫草炖鸭。一听到这个消息，马上精神大振，并告诉他买一只好一点的鸭子，再买点咸肉、笋尖，以及姜、葱等配料，其他的事情全部交给我来办。

虫草就是冬虫夏草的简称，虫草炖鸭是西藏的一道名菜。在西藏那曲工作时，当地人告诉我一句话“虫草鸭子贝母鸡”，意思就是冬虫夏草炖鸭、贝母炖鸡味道最好。那曲是全国著名的虫草产地，所产的虫草个大色黄，品质最好。去西藏是在1995年，当时在内地还很少有人见识过虫草。在学中药学时，老师曾经讲到冬虫夏草这味药，介绍说，冬天是条虫子，夏天是棵草，但我怀疑老师也没有见过真实的虫草。1995年5月底来到了那曲，没有冬虫夏草的任何信息。6月份到拉萨出差，回程半路上司机停车让大家休息时，四五个藏族男孩围了过来，有的手里拿着烟盒，开始以为是贩卖香烟的，倒出来一看说是虫草，一条小小的虫子，头上长着一根草，原来这就是冬虫夏草。这也是我第一次见到传说中的冬虫夏草。其实虫是真的，所谓的草是一种麦角菌科植物冬虫夏草菌寄生于蝠蛾幼虫长出来的棒状的子座。

看到虫草，觉得十分稀奇，问他们怎么卖，说是一元钱一条。虫草是不是卖这个价，自己根本不知道，只想买一点回去做样本。一元钱一条虫草很好计算，请他们把虫草全部拿出来，结果最多的只有十几条，少的才几条，总共也只有三十多条，不管是断的还是小的，我全部买了下来。同行的人看我在买东西，觉得很好奇，问我在草原上有什么东西可买。我说遇到了冬虫夏草。围过来一看，噢，这就是冬虫夏草，同样很惊奇，估计在来西藏之前有人向他们做过介绍，只是从来没有见识过。如果没有介绍，放在眼前也不一定认识。虫草是刚挖出来的，新鲜的虫草胖胖的、黄黄的，看起来特别上眼。回到那曲后放在牛粪炉上烤干，放在桌上每天看着，但不知道如何食用。

冬虫夏草是一味名贵的中药，归肺、肾两经，具有补肾益肺和止血化痰的功效。曾经看到报道，冬虫夏草在日本和东南亚很受欢迎，常作为保健品使用。后来当地人介绍说，做成虫草炖鸭，既好吃又有营养，只可惜在那曲买不到鸭子。那曲的平均海拔有四千五百多米，特别是晚上气温很低，当地养不了鸭子，藏族人也不吃鸭肉，看着桌上的虫草，只能“画饼充饥”。昆虫虽然可以食用，但只要想起蠕动的样子，心里总是有障碍。干燥的虫草体硬饱满，色泽黄亮，确实与众不同，既然可以炖鸭吃，当然也可以直接吃。经过烘烤的虫草，与大多烘焙食品一样，有一股诱人的香味，拿起来放在嘴里一嚼，犹如吃炒黄豆，爽脆、微甘。

到了七八月份，办公室的同事很神秘地告诉我，他有个牧区的亲戚带来了一些虫草，问我要不要买，原来这时才是虫草的上市季节。既然虫草已经上市，当然要买，问他卖多少钱一斤，他说一千五百元一斤。这就是1995年产地那曲的虫草价格，如果有心还一下价，每斤还可以便宜一二百元。卖虫草的人没有秤，我更没有秤，藏族人家里也很少有秤，想买虫草还真不容易，后来总算在食堂里找到了一杆秤。刚买来的虫草，沾满了泥土和牦牛毛，这些都是无用的杂质，虽然会有一点损失，但买到的虫草却很纯正。经过清理、清点，一斤通货的虫草一千五百条左右，平均每条就是一元，非常巧，这与半路上买的虫草价格一致。后来再买虫草时如果找不到秤，就用点条数的办法，简单实用，解决了难题。

到了9月份，那曲每年要举行赛马节，各地的慰问团纷纷前往那曲开展慰问，每次接待时总会上一道那曲名菜虫草炖鸭，估计是饭店里提前从内地采购了鸭子，这也让我有幸第一次吃到这道名菜。全鸭加三五条虫草煲成汤，用料很简单，味道很鲜美，只是慰问团的人大多有高原反应，再好的菜也没有胃口。

休假回到内地，买了鸭子，自己亲手做虫草炖鸭，再加几片咸肉、几根青笋干，文火慢炖，等到鸭肉可以脱骨即可出锅品尝。没有了高原反应，又加了辅料，舌尖更能感知这道菜所呈现的鲜香和与众不同。带回的虫草送给亲戚朋友，告诉他们可以做虫草炖鸭，汤鲜肉香，特别美味。事后却有人告诉我，这道菜有一股药味，很难吃。我问他放了多少虫草，他说放了一盒，那是有几十条了。虫草本来就是做药的，一剂药也不会放这么多，只能怪自己没有交代清楚。还有人告诉我，放着的虫草全部变成了粉末。是啊，冬虫夏草菌本来就是活的，到了一定的时间就会生长和繁殖，这又是我犯的错误。高原本来就是个寒冷的地方，虫草照样能够生长，储存虫草一定要冷冻，放在冷藏室就如放在高原上。

若干年后，手里已经没有了虫草，再煲老鸭汤时，就找不到曾经的味道了。朋友约我做虫草炖鸭，这不是天赐的良机吗？把鸭子剁成块，在开水中焯过后洗净，重新置入锅内，加入五六条虫草，如果虫草较大，放三条足矣，再加辅料，文火慢炖，出锅前再放入葱段。做法非常简单，唯一的秘诀就是要放虫草。现在的虫草价格昂贵，一条虫草的价格就超过好几只鸭，一般人也舍不得买，即使家里有虫草也不舍得用来炖鸭，但这是一道无法替代的美味。曾经慕名去杭州食用张生记老鸭煲，无论选材还是烹饪都十分讲究，味道也堪称一流，但与虫草炖鸭相比仍然逊色不少，过重的油脂、偏重的口味，既压制了鸭的原味，又失去了汤的美味。一大碗虫草炖鸭上桌，关照食客们舀一碗汤，再加两块鸭肉，慢慢尝，用心品。大碗中还漂着几条虫子，起初有人还有点不解，菜中吃出虫子，那是要退菜的，但这道菜与众不同，名曰虫草炖鸭，必定要用到冬虫夏草这味食材。当一小勺鸭汤入口之时，才发现这是一种从未相遇的独立鲜味，而炖这锅汤却是不用一点味精或鸡精等调味品，也没有放一点盐，咸肉和青笋干的咸味刚好引出鸭子的本味，虫草中的菌丝和蛋白质调理出所有食材的鲜味，而葱段只是起到了美化的作用。

2020 年 8 月 8 日

后　记

出于对节气的好奇，偶然写了篇有关节气的短文，投给《嘉兴日报》“绮园”副刊后，编辑周伟达先生建议开个“节气说”专栏，这就变成了一项任务。一年二十四个节气，意味着每个月要出两篇稿子，内心还是很有压力的，但有压力也是好事，让自己找到一个目标，在一年的时间内终于把二十四个节气全部写了一遍。在写作节气之时，又开始关注传统节日，于是又有了拓展。

除了节气与节日，人生中总会接触众多的地方文化和习俗，这是一种长期的积淀，有的充满神奇，有的饱含智慧，让人欲罢不能。于是断断续续写了许多关于地方习俗的短文，名为“生活之窗”。

文稿准备就绪以后，对于取一个什么书名相当纠结。从内容来看，这些稿子都是与江南农耕文化有关的习俗，曾经从这个方面想过。与嘉兴市文学院陈双虎先生和薛荣先生说起书名的事，他们提出了中肯的建议：书名不宜落入俗套，一定要有新意。无论是节气还是节日，都是时间的不同表达方式，但与日常所理解的时间又有所不同，推开的正是时间的另一扇窗户。

嘉兴市作家协会主席杨自强先生在百忙之中专门为拙作作序，真是感到万分荣幸，也深表感谢。中国书法家协会会员、浙江省书法家协会创作委员会委员周红先生，专门为本书绘制了精美插图，万分感谢。本书列入海盐县文艺精品扶持项目，得到中共海盐县委宣传部和海盐县文联的大力支持，在此一并表示感谢。

2022 年 11 月 28 日